北极
星空

詹超音 著

吉林人民出版社

图书在版编目（CIP）数据

北极星空／詹超音著 . -- 长春：吉林人民出版社，
2023. 11

ISBN 978-7-206-20687-0

Ⅰ.①北…　Ⅱ.①詹…　Ⅲ.①散文集-中国-当代
Ⅳ.①I267

中国国家版本馆 CIP 数据核字（2023）第 257650 号

北极星空

BEIJI XINGKONG

著　　者：詹超音
责任编辑：衣　兵　　　　　　　　装帧设计：书香力扬
出版发行：吉林人民出版社（长春市人民大街 7548 号　邮政编码：130022）
印　　刷：长春市华远印务有限公司
开　　本：880mm×1230mm　1/32
印　　张：6.75　　　　　　　　　字　　数：135 千字
标准书号：ISBN 978-7-206-20687-0
版　　次：2024 年 1 月第 1 版　　　印　　次：2024 年 1 月第 1 次印刷
定　　价：58.00 元

北极知青的情结

叶 辛

这篇序文的题目，是我在读完了詹超音的这本《北极星空》以后，自然而然从脑袋里"跳"出来的。

《北极星空》是一本散文随笔集，是由詹超音先生多年来写作的散文、随笔编撰的一本书。

詹超音先生年近七旬，是我的同时代人。他务过农，远赴黑龙江当过知青；他还当过电工机械厂的职工，遂又赴伊拉克援外，然后又在南汇工业局当过干部。他一生的经历可谓丰富，在出版一本书时，他为什么不写其他的人生阶段，偏偏盯住了五年插队落户当知青的这一段人生？还写了一篇又一篇，要编成一本书留给世人呢？

在我看来，赴伊拉克援外，既能饱览异域风情，认识很多伊拉克朋友，也是值得写一写的呀！

但他没有，他写的这本书，全都是北极星空下的故事和风情俚俗。

况且他写得很有感情，很有他个人创作的特色，比如他写坐着胶轮大板车经过"大挪移"，来到岛上的村庄和上个月先行到达的同学相见，只用了"见了，如同红军会师"来表达，一点也不写久别重逢的拥抱、握手，渲染热烈的气氛，其文字看上去很简朴，却给人留有想象的空间。

我说他写得有个性，还可以举个例子。当年他当知青的漠河公社，现在已经成了漠河市。今年的冬天奇冷，漠河同样是少见的冷。随着西伯利亚达到零下 71 摄氏度的奇寒，漠河也达到了零下 50 多摄氏度。詹超音故地重游，来到他的第二故乡北红村，那真是最北的最北了，北纬 53°33′43″，因而产生了不少的以最北为名的地点，计有：最北人家、最北驿站、最北小学、最北警务室、最北哨所、最北邮局、最北客运站、最北金融机构、最北铁塔、最北供销社、最北冷饮店……

就凭这"最北"两字，就能吸引无数的游客蜂拥而至，让今天的人们好好地领略一下这最北之地的风光。

最北之地不仅有少见的林海雪原风光，有冷到极致的发疼，还有把生命留在茫茫雪野里的知青。

詹超音同样以他简洁冷峻的文字，记下了一个知青伙伴黄晨伐木时被大树压倒，永远留在北极沃土的悲剧。

我也有过 10 年 7 个月的上山下乡知青经历，其实在那 10 多年里，无论是海南知青、东三省知青还是西南边陲的知青，无论知青是身在农场，还是插队在天南海北的村庄里，几乎每

个县、每个农场都有把青春热血抛洒在当地的故事，只因大家天天在一起，同吃、同住、同劳动，一张张面孔恍若眼前，故而愈加难忘，愈加不会随着岁月的流逝而把那些日子从记忆里抹去。

我想，这是否就是詹超音出版这本书的原因吧！

北极星空下度过的那段岁月，是难以忘怀的。

是为序。

自序

起《北极星空》这个书名，叫人首先联想北之极，寒之极，星空璀璨，极光斑斓。实质我写的北极，是祖国的极北之地，是我和无数知青们挥洒汗水的热土，这本书所集之文，所写之事都发生在这片星空之下，这便是属于我的北极星空。

这个"北极"由巍巍兴安岭、冰雪世界、最美星空和许多人的青春构成，天与地都透着自然的神秘与神奇。

五十多年前的我，十五六岁的弱冠之龄，充满着探秘、猎奇与遐想的年纪。我的火热青春与这片冰雪之地就这样被神奇的命运之轮卷到了一起，用时下人们的话来说就是发生了某种量子纠缠。

当时趁着一时之兴，只道是寻常，到后来越咂巴越品出其中的味来。到了六七十岁再回忆这段前事，才明白那是成器之道，有着独属于青春的味道。

所幸，记忆之门还能打开；所幸，往事全在里面。

　　我把往事全都展开，打算一一唤醒它们，然而不唤自醒，一起涌现。星空下的事萦系很多人，却不是谁都会翻寻。但如果到了无人能忆起的时候再去探寻，便会像珠帘委地，春水东流，再也甭想寻找线索。

　　在多位老师的鼓励下，我提笔记述了这些往事，一来劲，写成了集。

　　我请叶辛老师给书写序，是因为他不仅是老作家，又是老知青，有许多情愫不言自明。我的文字如果能得到他的共鸣，等于为我这个来自北方的知青兄弟开了个道，我就有了把往昔时光昭然于世的勇气。

　　最后真诚地感谢恩师、前辈、朋友以及家人对我的支持和鼓励，正是这份关心、厚爱、认可和激励，才有我写出这段北极星空下往事的初心。人生的领悟、历程与那些隐秘的少年心事，且让我说与你听。

目录
CONTENTS

最北

我国最北的边城叫漠河。到漠河，有一件必做的事，叫找北。

49 年前我在漠河插队，那会儿只知到了最北，多跨一步便是越境。今年重回旧地，见到个新现象：北纬 53°33′41″，众多的最北——最北人家、最北驿站、最北小学、最北警务室、最北哨所、最北邮局、最北客运站、最北金融机构、最北供销社、最北铁塔、最北冷饮店……甚至还有最北厕所。一切皆因为这儿成了旅游胜地。

成为我第二故乡的地方叫北红村，我入户在一个小岛上，叫先锋岛。北红村比北极村（漠河老城）还要更靠北一点——北纬 53°33′43″；岛在江上，那就更靠北。我们在最北的地耕种，枕的是最北的坐标。

漠河地处大兴安岭山脉北麓，祖国最北端绵延千里的大兴安岭林带，是中国面积最大的林区。1987年5月，大兴安岭遭遇了一场特大火灾，漠河县城（现为漠河市）所在的西林吉镇顷刻间被烧毁。然而，历经三年，坚忍的漠河人在废墟上又重建了家园。草枯草荣，花开花落。三十年过去了，漠河人默默承受了岁月的风风雨雨，灰土和落叶已悄悄掩埋了火灾带来的创伤与苦痛。如今，次生林已长成了参天大树，漠河人也已将此打造成了一个最北的旅游城市。

漠河的森林覆盖率超过92%，净界无尘，天然氧吧。凡到过漠河的人，最留恋的当是最北的空气，因为谁都会提胸大吸，感受什么叫真正的清新。时隔四十九年再到漠河，不变的是空气。有人常去，说是洗肺，过阵子还去，因为肺又脏了。所以有同学想在那买房，就为最北地方的空气。史学家翦伯赞诗赞："天边林海莽苍苍，拔地松桦千万章。"林深物安，漠河宜居。

漠河矿富，尤多金子。一百多年前，清朝二品道员李金镛带着幕僚、兵勇和流放的罪犯奉旨奔赴漠河，霸占金矿的沙俄人闻风而遁，中国从此有了第一个金矿局。最北的地方并非蛮荒之地，漠河有历史有英雄也有荣耀。漠河是我国唯一一个能见到极光的地方，碰巧看到极光的人无不欣喜若狂。

漠河人将夏至和冬至作为他们的重要节日，夏至的极昼，冬至的极夜，让来到最北之地的人无不称奇。夏至，西边晚霞还在，东边已出现黎明曙光，当年插队时，我们时常晚上10

点多还在场地上踢球。冬至，出工时天上还挂着月亮，干到 8 点多钟天才逐渐放亮；吃过午饭，活没干多会，天就黑了，往炉膛里多添几块桦子（大块的柴），脱个精光，擦身子，捉虱子。

低头看雪，抬头望天空。漠河的夜空十分清澈，众星荧荧，银河斜挂。最北的夜空让人神往，最北的繁星仿佛伸手就能触摸，那美，你会词穷难喻。站在最北看北斗，你迷不了路。我们都说那是勺子星，明亮亮真像长柄汤勺。勺子会打转，12 小时掉个头。初冬打场时，12 小时轮班，就看北斗星，很准。这是最好看的夜空，平常难见到的星星，原来都在这儿！于是会想："天上到底有些什么?" 必有最北的梦想。

如今的漠河已是县级市，非常漂亮，所有建筑物都涂上童话世界般的色彩，在房顶上安了"洋葱头"（俄罗斯建筑特色）。这儿有不少居民是俄罗斯族，边城嘛，风情融会。北极村毕竟是原乡镇所在地，经打造便成了旅游旺地。许多来此旅游观光的人为走到伟大祖国的最北端，为踩着最北的雪，圆了最北的梦而欢欣不已。人们纷纷围着北极石、北极碑、北极点合影，随即发现，最北的名头被冠在了每一种事物上。然而游人并不计较究竟哪个是最北点。漠河哪处都是北，到了漠河就是到了最北。

北极星空

　　北极星，在南半球看不到，在上海虽然能见，但似乎离得很远。国土最北边有个叫北红的俄罗斯民族村，那儿很美，美的是夜，越夜越美。灿烂星河下，就好似坐在天空舞台的前排，与星空派对，看群星表演。最令人瞩目的是北极星，七星组合，舞到了跟前，特别明亮。

　　当年，男女知青都爱看那里的夜空，打场 12 小时一轮，两班都能观星。男知青在看哪颗星在眨眼，女知青在确认哪颗星最亮。大家会一起数星星，乱数。有个人说：15000 颗。回答他的是一阵笑声。

　　说北红是俄罗斯民族村，是因为不少女人是江那边过来的移民，于是造就了不少混血儿。20 世纪 60 年代末，当地人将苏联人统称为"老毛子"，混血儿便成"二毛子"。"老毛子"可以放在嘴上叫，"二毛子"只能背着说，说出口了，混血儿会拿眼瞪你，惹毛了，会怼上。都说混血好，混血儿劲大，这是拿活的时候有目共睹的；长相也俊，眉骨与眼鼻最会取长。

那年，爱在这里生长

有三个女知青动了"凡心"，她们相中了三颗北极上空的星，在一块地里干活，在一个爬犁上嬉闹，然后到夜空下一起数星星，数到心相随。剑萍进了老赵家的门，秋华上了老郭家的炕，申新的肚子渐渐隆起来。长顺、显兴、春德，三个爷们儿都是混血儿。这三个女知青来自大上海的惠南古城。若不是知青上山下乡，不可能有这三桩姻缘。申新给老吴家生了两个儿子，秋华给老郭家添了三个儿子，剑萍给老赵家一次带来一模一样俩仙女。

天亮了，星空散去。

知青开始返城，单身的全回到了父母身边。三个已婚女人回不去。她们已属北极，可是孩子咋办？能让这七个孩子在大城市成长而不去努力，孩子大了怎么交代？星空下，她们，他们，做出了同样的决定：离婚。离婚，只要写明孩子随母，妈妈就能将孩子带到上海。为了孩子，什么都可牺牲。

猎枪走火，长顺意外死亡。剑萍哭暗了星空，在婆婆的一再劝导下，领着双胞胎姐妹回大上海开始了一个人的打拼。每年，她带着孩子回北极的家，按照中国习俗，给婆婆磕头。秋华后来病故，显兴紧随。申新与孩子生活在一起，顾着第三代，春德患了老年痴呆，在大兴安岭的一家养老院里安度晚年。

北极的星空令人心醉，也令人心酸、心痛。

青春，留在了漠北　一路向北！向北！

2019年9月，南汇知青在北红的先锋岛，立了一块知青碑，碑文如下：

公元一九六九年初冬，上海市南汇县五十九名青涩学子，由两名上海干部带队，一路向北，远赴漠河公社北红大队，插队落户于江岛先锋生产队。

斯时，知青跟随乡民下地耕耘，上山采撷；食同锅，宿同炕，力同使，心同体。漠河沪渎，北红南汇，血脉无郁滞，五脏无积气，同怀视之，遂成手足。白云苍狗，倏忽十载。其间，虽数人病退故里，数人另投他乡，然念兹在兹，魂牵梦萦。

公元一九七九年，一众知青，于涕泗交流中驰还江南桑梓，唯黄晨因公长眠于大兴安岭。呜呼哀哉。

岁月不居，时节如流。当初同学少年，迄今年逾花甲。奉天意，运五德，鸠集众意，勒石纪念，以慰青春，告亡灵，昭示后人，祈福第二故乡先锋岛也。

先锋岛上海知青立

公元二〇一九年九月

大挪移

1969 年的冬季，我实现了人生第一次"乾坤大挪移"——从东海之滨的一滴水成了大兴安岭上空的飘雪。那年，我离 16 足岁还差 3 个月。"挪移"是为了响应国家号召；还有个词，"一片红"，是指我们这一辈人全都得上山下乡，搁下书本去农村，接受贫下中农再教育，可以选方向——黑龙江还是云南，不能不行动。

我选了黑龙江。只剩最后一批于 11 月 6 日动身，我不能再犹豫，立马报名；我那时不想去云南，怕难适应。

"挪移"的那天，北火车站人山人海，锣鼓喧天，登上专列的我们在傻笑，母亲的表情有些木，父亲在拭泪，刚刚一跤摔哭的妹妹见车动了，止住了哭，一脸的莫名其妙。

十五六岁的人懂什么，根本意识不到单飞的后果，也没有想日后还能否挪回来。轮转车移，不知哪个家伙"哇"的一下哭出声来，所有人立马被"传染"，这才意识到此去天涯远。

所谓专列，就是专门让道的列车，老停，但方向明确，一路向北。4天4夜，进入大兴安岭，罕有人烟，山连山，雪世界，车窗外只有一个景。专列到塔河，然后换乘大客车，说还有2天的路。路在哪？我们看不见，司机能在茫茫雪地找到路。轮子上绑着铁链，车身仍游来游去，没法走直线。我们担心车会掉沟里，司机大力转着方向盘，始终精神抖擞。司机的身旁搁着一柄枪，走着走着忽然停了下来，提枪跑向远处，一会儿拎了只鸟回来，愈加精神。

"双十一"这天，也就是挪移的第六天，车戛然停下，然后来了几辆胶轮大板车，每辆板车的前头立着两匹马，马身热气腾腾，马嘴里呼噜噜冒着热气。天将黑，来接我们的老乡把大家的行李放板车中间，人兜圈坐。去哪？上岛。马走在封冻的江面上，快了步子——前方是家，马兴奋。

大挪移这就算完成。

比我们早一个月去的另一批同学已候我们一天了，见了面，异常激动。

这是什么地方？雪地中间总共三四间木刻楞（原木垒成的房子），没有电，只有烛火，火头上黑烟滚滚，忽闪忽闪。个个诧异：没挪错地吧？

没挪错！这就是会大有作为的广阔天地。

爬犁这个玩意儿

爬犁为何物？南方人没见识过，只听说圣诞老人用九头驯鹿作牵引的座驾叫"雪橇"，这玩意儿无轮却能在冰雪之上滑行如飞，奇！北方的爬犁应该就是这样。是的，没错，虽然叫法不一样，但是结构差不多。

鹿让圣诞老人拿去用了，且受保护，鹿爬犁见不到了。因纽特人用狗拉爬犁，狗力不及鹿马牛，所以人一般都在尾端站着，时不时蹬几下助力。我在大兴安岭插队时赶过爬犁，把爬犁拉飞起来的是马。马爬犁是北方农村，特别是边远山区泛用的劳作和交通运输工具。

清阮葵生《茶余客话》卷十三中载："似车无轮，似榻无足。覆席如龛，引绳如御。利行冰雪中，俗呼扒犁。以其底平似犁，盖土人为汉语耳。"

胶轮抓地靠的是摩擦，冰雪上摩擦系数一旦趋零，车就会趴窝。于是在驱动轮上缠绕铁链，抓着地了，但失去了速行优势。

靠山吃山，靠林吃林，在我插队的先锋岛上就连房舍也是全木构造的"木刻楞"（大树横叠为壁，劈板为瓦），因而产生了较多的"二木匠"（指技术不高的三脚猫木匠）。雪地之舟的坚固耐用要与马力相匹配，材质自然不一般，于是精选韧性较强的柞木、椴木、桦木和榆木来打造。爬犁结构看上去简单，但要经久耐用就难了，不是哪个"二木匠"能轻易整出来的。首选两根一丈多的木杆，烤弯一端，屈木为辕，这是整个爬犁的骨柱子。在冰雪上滑行仍存在摩擦，有摩擦就会有夷损，于是在辕杆底部嵌上钢带，永不磨损，且滑溜。

男人都得会赶爬犁。知青们先是新奇，真去使唤，嫌累又嫌烦。给马上套首先烦，套缨子、夹板儿、拴笼头、戴佩头、安嚼子、穿绳，引缰，所有关节都不能松不能紧，松了容易散架，紧了畜生有意见，会处处作对，甚至踢你。

驾驭爬犁要比开汽车难多了，爬犁走的基本都是生道，尤其进山，没有现成路；不像开汽车，把稳了，按规行驶，就能感受驾驶的乐趣。赶爬犁讲究人马合一，两个脑子想一样。老马好使，因为懂人、服人；年轻马劲大，却是蛮力，而且易毛，畜生一发火，就会有意外。上山伐木，千斤树木全凭爬犁牵拽下山，坡度大的地方，10多米的木头就是个僵硬的大尾巴，把控不好说翻就翻，伤人伤马，惊心动魄。这个活我干不了，全由老乡来。

爬犁无钉，全靠榫卯固架，宁折不散。关节部位用牛皮带拴扎。轧牛皮的活我干过，将牛皮裁成条，油浸，粗杠子一遍遍大力挤轧，不住添油，直到柔软为止，韧至极。

我对爬犁也有感情，最后一次乘坐爬犁是因病返沪要去十几公里外的省道拦车，但已记不清哪位老乡拉我出去的了。一路上，一遇到上坡，这位老乡就下来步行，我不好意思也只好下来跟着走。爬犁这个玩意儿是人的杰作，让它飞起来的是马，所以人对马的情感，时时处处都在体现。

跑冰排

人离开原地叫"走人",冰离开原地叫"流冰"或"跑冰排",都是变动位置,但状态不一样,行速不一样。走比较斯文,流和跑比较张扬。走没多大动静;流的过程虽不剧烈,但你追我赶的冰絮、冰块免不了相碰互撞,集成声响;跑还有些野,排得过于密集,重量级对重量级,争先恐后,互不买账。

入冬前的流冰相对平缓温和,渐进式封冻,过程较长。河源段方位在北,上游先冻,来水量递减,冰层逐渐积厚,封冻顺理成章。

我们住在江岛上,以岛组成的生产队。当时岛上没桥,刚封江时,我们观冰择路上岸。到了深冬,坚冰盈丈,江面成道,又结实又平顺,可行走半年。

春季开江一般都在四月底五月初之间,春暖唤江,雪融冰裂,江醒。千里干流一旦松动,江水就会率先开道,前引后催。巨大的冰块先还守点规矩,像虫一样慢慢蠕动,水一旦加大力度，流速变快，犹如催跑，冰块便变得焦躁不安。于是你碰我撞，挤搡产生愤怒，吼声一片。此时江面已宽，碰归碰，撞归撞，跑归跑。但到了狭道及拐弯处就不行了，体量小一点会被挤到岸上，有蛮横的竟跃到其他冰块的背上……无序则乱，全都动不了了，形成冰坝。江水使劲驱使，驱不动，就顾自漫上陆地。不光水淹，还携着硕大的冰块，见棚砸棚，遇屋摧屋。

跑冰排的那几天，知青、老乡都很紧张，轮流察看汛情。知青们被浩荡奇景、磅礴气势所震撼，看傻了。什么叫无所阻挡，眼前冰排的跑势就是。老乡们比知青们更忧心，他们知道下游出现冰坝的后果，小岛瞬间会被淹，到时大家只能爬冰排上岸，那就是九死一生。知青们也怕了，有女生竟然哭了起来。那一晚，所有人都没睡。

天亮了，有人喊：冰排跑起来了！江通了。

江面开裂瓦解，露出一江春水。

开江难，难在整条江不齐心。上下游江冰齐融，江面平静，谓之"文开江"；若是上游江冰先融，下游江道尚未完全解冻，易出现凌汛，谓之"武开江"。冰排跑得不爽，常会淤积重叠，等于筑坝锁江，阻断江流，如果不及时采取破冰措施，下不去的江水就会漫堤决口，酿成灾害。凌汛时期，对冰坝实施爆破是必备预案。

我没见过爆破场面，也庆幸没有见到。

冬的模样

冬的模样要从冬的感觉谈起,人的体能不一样,在寒冷面前表现出的状态自然不一样。至零下四五十度,人们都统一了,缩脖子偻背全都成熊样。彻骨寒风时,大老爷们的睾丸集体消失,人像抽了筋,一个个直不挺。

自在的是女人们,哄娃,蒸馍,热炕头。

姑娘不兴待家里,野点没事。未成家之前尽管去扎男人堆,成家之后不行了,得守规矩,远离异性。

临冬,套子岛来了几屋子男女知青。这下闹腾了,大老爷们全都成了人来疯——使唤牲口时的声响大了许多,人也直挺了。女人们虽然嗅到了青春的气息,但不凑热闹;不过很希望知青们能来屋里坐坐,嫂的屋子暖,而且还有馍。乐坏了的是姑娘,她们以为生得逢时,她们没有出过山,她们的父辈出过山但没出过这片岭,这辈子能与这么多上海的大哥哥大姐姐共处,是天照应。

　　人口数量会影响气候，打从几十万知青来这后，兴安岭的气温没再低过零下五十摄氏度。套子岛最北，又是在空旷的黑龙江上，冬时比陆地还要低几度。以往遇极寒（低于零下五十摄氏度），地面会冒烟，棉胶鞋也好、毡靴子也好，一会儿全都邦邦硬，感觉脚上套的是一块木头，踩在地上咚咚响。地冒烟的时候，寒气似刀子、锥子，割到肉，戳到骨。体能差点的大老爷们终于扛不住了，边走边哭。冻哭的哭声像嚎："熬！熬！……"

　　雪地里，有一个同学哭得很厉害。他憋不住了，就地方便，被另外一个同学偷袭，一屁股坐在了秽物上，等到抹净腚上的雪和粑粑，裤子却怎么也提不起来了。他怎可能不哭？他哭得让树上的松鼠都愣住了。

神兽傻狍

世上有灵兽，蠢、萌、呆的灵兽只有一个，那就是狍子。横断山系、大巴山系、秦岭、太行山、燕山都有其身影，但我只在大兴安岭见到过。

我们很熟，因为栖息在同一个地方。

林深狍子欢，兴安岭天敌少，草果丰。狍子天生不怎么怕人，你不惊动它它不跑，跑也不跑远，老回头看，有时候绕个圈颠颠又回来。那是遇着我，若是遇着猎者，这小东西岂不是自投罗网？

小东西跑回来干吗？它好奇心太强，求知欲贼强，想探个究竟，看看到底是谁，要干什么。这是"蠢"，所以说"好奇心害死狍"；说它"萌"，是其模样可爱，毫无敌意的神态，好像在问"一块儿玩不？"还时常拿白屁股对你，也许认为这是它的亮点；"呆"是因为它警惕性太差，只知道看不知道跑，缺乏对危机的判断。

狍子的傻，傻到让人心疼。

在我国东北形容一个人一根筋，或者反应迟钝，总会打趣地说："你真是个傻狍子！""傻狍子"，就是形容傻。还有"猫驴子"，形容性急固执。只有傻狍子是真正的动物，猫驴子是猫是驴，我到今天未搞明白，老乡也说不清。

狍子其实很能跑，它的后肢比前肢长，所以奔跑时屁股抬得老高，坡上一个跳跃二十米，它跑十分钟，够你追一天。如果狍子吃饱喝足，老虎也追不上。

任何生物都有天敌，虎、狼、熊、豹和猞猁都是狍子的天敌。大兴安岭好在只有熊和猞猁，而狍子一般都选择在较密的林间栖息，不易被天敌发现。狍子并不傻，停顿与回头不全是好奇，据说是为准确判别敌情。它撒腿快，有把握甩掉天敌。

有人说，人类才是狍子最大的威胁。

生产队里唯一的五保户宫老太太煮了一锅狍子肉，她让我自己捞，尝之，全是腱子肉。那时候我的肚子老是空荡荡的，肉吃下去，其美无比。至于味道怎样，五十二年后此信息已无存。

我在打草时扇刀尖戳到一硬物，扒开一看，是狍角。此物也是我从黑龙江带回的唯一物品，它见证了我的插队历程，也时常让我想起那灵兽的萌样。我始终认为，狍子并不傻，它聪敏着呢！

黑瞎子

只要时常进山，总会遇到熊。我就曾经遭遇过一次，记得那天我只身一人在山里采松果。熊在前方 50 米处低着头慢吞吞往山上走。我抬头看到后就跑，不，是狂奔。从此再也不敢独自进山。

大兴安岭的熊体形特大，说它是狗熊，也许只是嘴像，应该叫黑熊，因为通体黑毛。也有说是人熊，毛主席诗句"更无豪杰怕熊罴"里的罴，指的就是能像人那样站着的人熊。然而老乡们习惯说这是黑瞎子。它瞎吗？当然不瞎，眼珠子小，不显眼而已。黑熊的视力确实不咋地，据说还是模糊眼。但它的嗅觉特别灵，比狗还强 5~7 倍，5 公里之内有什么动物，都能闻出来。在当地有个故事，一个瘸子在山里采雅戈达（一种草本野果，被称作"北国红豆"）时迎面碰上吃得正欢的一头黑熊。双方愣住。瘸子撒腿就跑，反而惊了畜生，嗷嗷叫着猛追上来。瘸子聪明，绕树跑，跑了一阵回头看，把傻大个撂后面了。那家伙是循着味在追，瘸子绕哪它绕哪。

　　黑瞎子其实也怕人，只要站得比它高，它就撒。成年熊一般都有五六百斤，胆子却只有三盎司，胆子小，这显然是说笑。野生动物如果不感到自身有危险，不会主动攻击人。瘸子如果不跑熊也可能不会追，但跑是本能。熊只吃活体，所以实在逃不了就装死。装死得凭毅力，没人敢试。

　　熊是大兴安岭的霸主，三十多年前的一场大火，有不少黑瞎子越江跑到了俄罗斯。前几年有人见到黑瞎子拖家带口地又从对岸往这来。大兴安岭毕竟比外兴安岭稍微暖和些，也或许是黑瞎子想要回归出生地。

　　同学龙哥遇到过一窝黑瞎子。有个知青发现了一个熊洞，看清楚了，一大两小，都冬眠着。我那时已回上海，龙哥向我复述此事时说当时也怕的。黑瞎子伤人有三招：一掌，二坐，三舔。熊的"铁砂掌"力达千斤，一掌就可拍扁你的头，何况它从不修指甲，长约半尺，划一下，一样没命；黑瞎子逮住猎物后喜欢压屁股底下，再颠上几颠，它那么沉，谁经得住。舔也不行，它舌头像锉子，有个林业工人让熊舔了几下脸，连皮带肉给舔没了。黑瞎子皮糙肉实，外裹厚厚一层脂肪，刀和子弹不一定能轻易取命。亏得冬眠中的熊虚弱无力，否则，还真是危险。

　　遇着熊罴我看还是学那瘸子；另外提醒一下，要顺风跑，味不留在后面。

疙瘩汤

队里让老乡二曲和我去给养路队盖房。二曲说队里的木刻楞房都是他垒的，这回让我给他打下手。二曲确实能干，但人太傲，谁跟他一斗嘴，就找你比试。有个说大话的也好，责任他扛。

一袋面粉，五十斤，还有大锯、斧子，两个人背背扛扛，十多公里路，腿肚子早就降了。

目的地在省道边上，我们累得晕头转向。

一口大铁锅，撂在溪水边上，锅盖盖着，盖上压了石头，里面有包盐，矿盐，盐粒儿豆大，盐豆里看得出星星点点的杂质。锅是早几天有车带出来的——方圆几百里只有兽，东西不会有人碰。面粉必须随带，搁这里的话，不过夜就全喂了林子里的精灵们。

夏至的傍晚六点，大兴安岭正阳。就地取材，找个高地搭了个棚，然后架锅生火，满一锅水。粮食自然由二曲把控，十天的量，得匀着吃。和好了一坨面，做什么汤饼呢？在中国，最初所有面食统称为饼，汤中煮熟的叫"汤饼"。二曲会整出什么饼，会擀面条？二曲将面坨一分二，说自己掐。二曲哥，给我擀回面条吧？没家伙什我怎么整？二曲不会说不会，总有个理儿。水沸了，两人一起掐面，二曲说我的疙瘩大了，我说他疙瘩小了。二曲说大疙瘩你吃，我说那你吃小疙瘩。和面的水化了盐，疙瘩是咸的，没一滴油，这就是林子里的疙瘩汤，要吃十天。大疙瘩吃的时候过瘾，到了肚里闹事，胀个不停，拉不出吐不了，上下不得安宁，要爆的样子，真想剖开肚。二曲笑个不住，说，谁叫你疙瘩掐那么大！

　　第二天，疙瘩样统一了，但老吃不发酵的面食拆胃。二曲一碗疙瘩三碗汤，他没事。于是我也学喝汤，淡汤不行，加盐，这时候最想来点糖。胃舒服的时候想聊天，谈起了农民皇帝朱元璋。我说朱皇帝曾给青菜豆腐汤起了个名：珍珠翡翠白玉汤；他说"疙瘩汤"这个名字也是朱皇帝起的，说得有理有据。朱元璋当年成天被元军追，百姓助他，给他吃。老百姓没啥好东西，所以两个汤的故事是可信的。

　　同样的疙瘩汤，现在内容丰富了，掺和的净是好东西，色彩也多样，红黄蓝白青。不过，跟着二曲的那十天，疙瘩汤吃怕了，一吃肚就胀，一胀陈事就会想起，已成抵触物。盖房细节忘得光光，只知道对角线要拉准，否则房会歪，但吃了整整十天的疙瘩汤却没齿难忘。

北红玛瑙

大兴安岭冰雪期虽长，但四季还是很分明的。夏季，黑龙江边也有三十多摄氏度，会游泳的个个下水，但不游远，一是水越深越凉，二是怕无意间越过中间界线。黑龙江的江底满是层层叠叠的鹅卵石，摸到扁的使劲撇，漂最远的嗷嗷叫，有多能似的。

20 世纪 60 年代末我是北红大队先锋岛上的岛民。岛在黑龙江上，四面环水，卵石所围。这些卵石里兴许有玛瑙石，我怎么会不识货，一粒没捡呢？

黑龙江流域盛产玛瑙是前几年重返北红才得知的。连着去了两次，一次黑河入漠河出，另一次漠河入黑河出，两次都途径呼玛。我插队的地方原隶属呼玛县，县与村相距三百多公里，当年没机会去，五十年后路过必宿。在靠近江边的知青宾馆旁逛了好几家石头店，店老板说都是呼玛石，行里人称其江石玛瑙，也叫北红玛瑙。碎小的原石并不贵，遂想挑几个。随

行的四艳导游说江边多的是，于是跟着下堤，盲目搜寻。确实很多，多得让人眼花，奇点的、异点的不到我眼里来。倒是四艳一找一个，个个特异，全给了我。我同学的孙子眼尖，也一捡一个，但都像枪像刀，一路攥在手里，到机场叫他扔了，绝不肯，只好托运。

玛瑙的前世是树脂，数亿年前跟树一起陷入地底，树成了煤，树脂成了玛瑙。经过挤压的东西都会变硬，年代越久越硬。南方好几个地方也出玛瑙，北方的抚顺也出玛瑙，都没北红玛瑙硬。呼玛、逊克一带的林子比其他地方的林子早到地下，所以质地最好。大地真奇妙，数亿年后这儿又是一片林子——北红玛瑙的摩氏硬度为8，仅次于硬度10的金刚石。人的指甲硬度范围是2~3，所以玛瑙抠不坏。北红玛瑙不仅硬度高，色彩也绚丽、质地温润，水头足，故而透明度高，看似滴出水来，成为北红玛瑙的独特魅力。不过，硬的东西往往脆，北红玛瑙不经碰撞敲击，很难加工塑形。

北红玛瑙其实跟我插队的地名北红并无关联。玛瑙一般都称红玛瑙，分东红、西红、南红、北红。东红西红自古便有划分，西方的天然玛瑙为西红，日本的人工玛瑙为东红。南红、北红则是两种品质较好的玛瑙所产地域不同而划分，南红主要产地在云南、四川大凉山；北红主要产地在黑龙江，呼玛是红玛瑙主产区之一。

黑龙江省每年均举办"红玛瑙艺术节"。北红玛瑙是上海海派玉雕文化协会会长孙敏针对"南红"玛瑙品牌提出并命名的。

我对玛瑙没有多少研究，因对北红玛瑙有特殊情感而说个大概。玛瑙因其美丽温润，象征幸福、吉祥、富贵，作为护身符可以辟邪，还代表友善的爱心。我建议凡到黑龙江去旅游的朋友，不妨找机会捡捡那里的石头，有缘的话，说不定会有北红玛瑙跟你回来。

撮罗子

世上最简陋的房子用树干、树皮或兽皮做成，形状就像泥水匠测垂直度的吊线锤，只是房子的尖头儿是朝上的，如同倒置的吊线锤，尖头儿末端留有气孔，走烟并采光。这是大兴安岭里鄂伦春、鄂温克和赫哲人以前的住所，历史久远。

这种形状奇特的房子，赫哲人叫"撮罗昂库"，"撮罗"是"尖"，"昂库"是"窝棚"；鄂伦春、鄂温克人叫"斜仁柱"，又叫"仙人柱"，"斜仁"是"木杆"，"柱"是"屋子"。两种名称的意思合起来，就是"用杆搭起来的尖顶屋"。汉人图好记，称"撮罗子"。

大兴安岭里的少数民族早先居无定所，时常迁徙，就地取材搭建撮罗子便成了最好选项。《吉林通志》中记载："赫哲人无庐舍，以木为架，覆以茅草或盖桦皮，四周亦以木皮裹之，大如一间屋，数口栖居于中，谓之曰磋落。居无定处，或一月一迁，或终岁数迁。移动时，男妇数人负之而去。"

据说，搭建撮罗子快则二十分钟，先用带杈的杆子搭成锥体，再以枝条围成框架，最后在外蒙上兽皮或树皮，御寒挡雨。史书《辽东志》有如下记载："人无常处，桦皮为屋，行则驮载，住则张架。"可见撮罗子易建易拆，拆建自如。春夏时期，桦树皮泛浆易剥，故都以桦树皮包装，这样的屋子人走了也就走了，随它去，游猎人本无多少物品，相反会留下一些必需品给后来者应急，来人走后同样也会放些认为可用的东西。冬季为了阻挡外寒，多用兽皮覆盖，狍子易猎，且狍皮较轻便于随带，用狍皮披屋者居多。出入口开在锥形屋的南面或东南面，里头的北位供奉神偶，游猎人称之为"博如坎"。屋子中间吊一罐子，用于煮肉煮饭烧水。别看屋子小而简陋，但规矩挺多，所谓的"塔克达"（床）其实是在干草、树皮上铺层皮子，如熊皮、犴皮、鹿皮，看有什么。主人外人、男人女人不能乱躺乱坐，忌讳很多。妇女生产不能在撮罗子内，要远离，孩子满月后方可回来；妇女不能正对门而坐，不能跨过男人的衣物、猎枪、马鞍等；妇女不能睡熊皮，据说这会导致流产。

除了最后一条体现了对妇女的关心，其余皆为对女性的歧视。可见撮罗子不仅样式很原始，其使用风俗也带有许多古老观念的色彩。

大兴安岭的游猎民族大多信奉萨满教，习俗若得以传承便自带文化，只要无害人之意就由着去吧。

　　"风驰一矢山腰去，猎马长衫带血归"曾是游猎民族每天的生活状态。如今，林中的少数民族早已下山居住，"撮罗子"就此成为历史，消失于莽莽林海之中，它独特的形状偶在景点出现，成为森林记忆。

静静的兴安岭

在大兴安岭穿行，两边不是桦树林便是松树林。林中应该有鸟，可都不闹。基本无风，树叶儿不动。在一个静谧的世界安然呼吸，好像不在凡尘。

路崭新，无限伸展。黑色路面似乎能吸音，听不到轮下的摩擦声。国家花大力气在冻土上修这么好的路，就为匹配这美丽的森林。

在大兴安岭从一地到另一地，数百公里，大都是无人区，一路上驾驶员好像没摁过喇叭。无险山，便无急弯，公路基本都笔直，车又少，这种路况下即便刹车也是微微的、软软的。

河跟路总相伴相随，河水涌动，却无声，无落差、无阻挡，很是欢畅。

大兴安岭一年四季都这么静？难道没闹腾的时候？有，在冬季。伐木都在冬季。20 世纪六七十年代，国家急需大量木材，年年砍伐。冬季农闲，更主要是雪道便于运输——伐倒的

树木全靠马爬犁拖到山下。锯树声、砍桠声、喊山声、树倒声、吆喝牲口声、归楞号子声……这么大声响真让人亢奋。冬季结束，声也结束，林子又归寂静。

现在，树不让伐了，林业工人搁下了锯子，只植树、护林，防虫、防火。整个兴安岭一年四季都静静的。

韭菜花

　　韭菜好像不爱混生，是自闭还是被排斥不得而知。

　　在我们知青宿舍的西边、通往岛头的路边有一块不大不小的洼地，春时一片翠绿，秋时白花如海。这里是韭菜王国，无一其他植物，它们守着这一小块地，根不及外田，籽不落外地，与邻无争。

　　老赵是闯关东过来的，待过剧团，会唱戏，知青们跟他搭档，你吆喝我，我也吆喝你，嘻嘻哈哈一日好混。

　　割韭菜就和割麦一样。这韭菜长得也跟麦一般高，齐肚及腰。大兴安岭"人高马大"，韭菜的高度也不同寻常。老赵开腔了：（西皮二六）几采来采亢，我站在田头观山呐景，这一片韭菜乱纷纷……唱归唱，手仍忙活着。一捆捆韭菜叶子往回抱，漂一下，扔入大酱缸，撒盐一把。满缸的韭菜腌后全缩在缸底，身子要探入缸内才能够着，长度不变，原来多长还多长，筷要高高举起，慢慢落下，落到扒开的馒头里。我认为这是最下饭的腌制品，八两馒头咽进肚里，缓饿，但没饱。

入秋，嫌韭菜老，于是吃花。又是老赵吆喝我等几个去采。

韭菜花像绣球，色是白的，白绣球。韭菜开了花又拔高许多，过腰及胸。人在花中，只见头不见身。老赵张嘴就近咬了一口韭菜花，嚼得很满意，边嚼边唱：（西皮慢板）韭菜花开心一枝，花正黄时叶正肥。愿郎摘花连叶摘，到死心头不肯离。这不是梁启超的《台湾竹枝词》吗？

根据《千金·食治》和《本草拾遗》记载，韭菜"宜肾、主大小便数，去烦热"，而且"生毛发"。那么韭菜花能不能吃，又有什么好？

唐末五代杨凝式的《韭花帖》将韭菜花赞誉为"珍馐"。《韭花帖》是一封谢折，内容大致是：有一年秋天，杨凝式一觉醒来，已是午后。杨凝式觉得有点饿，这才想起中午没有吃饭。恰在此时，宫中给他送来了一盘韭菜菜花，不知是饿了还是韭花做得地道，吃得格外惬意难忘。为表达感激之情，杨凝式当即认真写了一封折，派人送往宫中。本是一封不经意写就的手札，连杨凝式自己也未在意，哪知《韭花帖》后来同王羲之《兰亭序》、颜真卿《祭侄季明文稿》、苏轼《黄州寒食诗帖》、王珣《伯远帖》并称为"天下五大行书"。因为一盘韭菜花而成就了一篇绝世之作，可见韭菜花的美味不同凡响。

　　我头一低也咬了点韭花——并不难吃，嚼了嚼，咽了下去。果不其然，肚子随即开始唱曲，似在催食。听说草原上的人喜欢将韭花捣成蘸料，经此配合，羊肉愈加美味。

　　有人说，常割韭菜的人心态比一般人好，因为常见再生。又有人说，不做镰刀，做韭菜一样好，尽管割，割不死。

江之源

　　每条江河都有它的源，黑龙江有两个源头，在漠河的洛古河小村乘船上行 8 公里能清晰看到一个"Y"口，南边是发源于大兴安岭西侧的额尔古纳河，北边是发源于蒙古人民共和国肯特山麓的石勒喀河，两源在此汇合始为黑龙江。

　　因腐殖质多而呈黑色的江水在林海中蜿蜒穿行，沿途接纳万千条大小支流，以浩荡之势向东北方向一路狂奔，最终注入遥远寒冷的鞑靼海峡。

　　源头从涓涓细流开始，哪个是距离入海口最远的出水口，哪个出水地对河流补水最多、贡献最大，以及历史上成习惯的既定认识，根据这些认定哪条河流是正源，是《中国国家地理》大致归纳的各家主张。然而，真要取得共识还是很难。

　　南源额尔古纳河以上共有两条较大的支流，分别是克鲁伦河和海拉尔河。从海拉尔河溯源而上，又有两条较大的支流，分别为大雁河和库都尔河。如果以克鲁伦河为源，长达 5498

千米，超过了黄河的 5464 千米；如果以海拉尔河为源，全长 4400 千米；如果以石勒喀河为源全长 4510 千米（还有一种说法是 4370 千米）。据此，有人便说应该以西源克鲁伦河为源，但更多的人仍坚持以南源海拉尔河为源。因为，海拉尔河短但水量丰富，克鲁伦河很长但水量贫乏。克鲁伦河穿越的是蒙古高原的大片荒漠，降雨稀少、两岸支流匮乏、下渗严重，河水越流越少，水量不是最多而不符正源条件。由于额尔古纳河的源头一直未能确定，这一源头总是被模糊地描述为"大兴安岭西坡"。

南源额尔古纳河的源头不过硬，北源石勒喀河就说它才是正源，一是长度虽不及克鲁伦河却超过海拉尔河。二是从水量上来说，石勒喀河由于流经森林草原带，水量较大，年径流量 140 亿立方米，超过了额尔古纳河的 120 亿立方米，从流域面积上来说，石勒喀河的流域面积达 20 万平方千米，也大于额尔古纳河的 15 万平方千米。三是在中国旧籍记载中，就以石勒喀河为黑龙江的正源。康熙、乾隆、道光年代的地图均把石勒喀河作为黑龙江上游的正流，清朝学者西清在他著的《黑龙江外纪》中写道："黑龙江发源蒙古喀尔喀部之垦特山，其上游，蒙古谓之鄂伦河，他书亦作敖嫩河，即元史斡难河，元太祖始兴地也。自东北流经尼布楚城之南，入省江北境，受西南来之额尔古纳河，经雅克萨声折而东南，东入于海。"

石勒喀河的上游是鄂嫩河，这条河流可不简单，曾经在历史上书写过浓墨重彩的篇章。鄂嫩河就是历史上著名的斡难河，这里水草丰美，地处蒙古高原腹心，自古以来就是游牧民族繁衍生息的地方，历史上的匈奴、鲜卑、柔然、突厥等民族先后把这里当成是自己的摇篮，纷纷从这里出发称雄漠北、问鼎中原、甚至影响世界历史。

这里也是蒙古民族的发祥地，斡难河和肯特山附近居住的是蒙古部，这是日后成吉思汗崛起的地方。1162 年，一代天骄成吉思汗，就诞生在斡难河畔。后来成吉思汗即位也在这里。

现在除了俄罗斯还认为石勒喀河是正源，在中国这种说法已经不再流行了。石勒喀河是可以作为黑龙江的正源的，但现在国内大多数人都以额尔古纳河为源，因为它的条件也确实不错，并且大部分流域都在国内，于情于理都行得通。

《尼布楚条约》签订后，清俄双方保持了一百多年的和平。随着双方力量对比失去平衡，俄国开始得陇而望蜀，再一次把目光投向了黑龙江流域。

黑龙江支流呼玛河边的鹿鼎山据说是大清龙脉所在，俄人逼近龙脉，清廷怎能不急？可此时的大清早已不是当年的"女真不满万，满万则无敌"的大清，早已经显得暮气沉沉。几百年的柳条边封禁制度，使得东北人烟稀少，至于一百多万平方千米的外东北，更是荒无人烟。衰落的大清已无力北上抗衡入侵者……

2018 年，重游故地时，我们专门乘船溯源，到达黑龙江的发源地，船在源头那个"Y"口游弋，放眼望去，风景美不胜收，自豪之情油然而生。

樟子松赞

大兴安岭的秋季不是很明显，寒流一来，暖湿气流急速溃退，几场雪一下，秋就算是过了，冬戏开场。

人是越冷穿得越多，树是越冷脱得越快。占据大半兴安岭的落叶松臣服极寒针枯尽落，死了一般，樟子松却依然披着绿色铠甲，端直凛然。

曾以为樟子松是不掉叶的，其实一直在掉，也一直在长，这是松针叶生长的特性。樟子松的针叶有较高的营养价值，其粗蛋白质与禾草相当，粗脂肪含量也较高，可达5%左右，且含有多种微量元素、维生素，胡萝卜素的含量为 $198\sim344mg/kg$。据测定，天然樟子松林每公顷产干枝14.27吨、干叶7.92吨，可加工成松针粉。若在猪、羊、牛、兔、鸡的日粮中加 $5\%\sim10\%$ 松针粉，可显著提高畜群产量和促进发育，是不可多得的饲料资源。

樟子松饱含树脂，好比一个人，脂肪多了才不怕冷。几乎每株樟松树上都有松包，橄榄球般大，是制作松香、松节油最好的原料。我砍摘过一个，断处立马渗出黏黏的松油，切下一片，燃着后能烧很久。

在兴安岭，樟子松的树身是最挺拔的，哪个季节都给人茁壮成长的风貌。高纬度的极寒冷冻了一切，风雪吹盖了色彩，唯独樟子松仍呈现着绿色。

伐木时，砍其他树都不为所惜，遇到樟子松就有了不忍之念。怪不得熊大、熊二见着光头强，会那般痛恨，因为他砍的全是樟子松。

樟子松可不像大棚里的瓜果，弄点药水就可一直生长。若指望樟子松长到二三十米高，没个几十年，想都别想。

樟子松是籽传乔木，与竹子一样，三五年里只在土里孕育，然后才见风猛长。尽管如此，人工林七年才长一二米高，天然林长这么高得十五年。可见，成材岁月有多漫长。我们这辈栽的树，孙子能不能取用还是个问题。

爆虱

　　到知青点不到一个礼拜，知青们身上全都起了虱子，一个不落。头几天有人一惊一乍，惊慌失措，"啥玩意儿这么痒人?"点亮油灯，扒下贴身衣裤看个究竟……阿妈耶! 真有东西在急速躲藏。有大有小，大的像粒芝麻，小的半粒芝麻，再小的芝麻粒的四分之一，还有更小的。颜色有深浅，深的已吃过你的血，浅的还没对你下口，白而晶亮。在裤缝的端头我搜到一个，待命中的两个大指甲紧急合拢，"嘚"一声，虫爆了，能感觉它的外壳还挺硬。

　　"怎么会有虱子，哪来的虱子?"

　　大家将眼光齐射同室的老乡，叫他回答这个问题。

　　"在这里身上不长虱子，那还是人吗?"

　　这么说，知青们自然无话，既然与贫下中农相结合，就得同吃同住同劳动，还必须豢养同一族的虱，任其来来往往，权当宠物。

灯下，大家每晚都做同一桩事——爆虱。不光是虱，更多的是虱的子孙，一粒粒有点像蚕蛋，所不同的是蚕蛋一模一样，虱蛋却是有大有小——怪不得有大虱小虱。老乡见知青们举个短裤翻来翻去太磨叽，说，看我的。只见其将棉裤内翻外，扯着缝隙挨到火苗头上稳稳移动，噼里啪啦一阵响，虫、卵全爆。这是功夫，没几年操作神不了。大家猛然发现，老乡没穿内裤。

"你怎么不穿内裤？"

"干吗要穿内裤？撒尿不方便，还养虱。"

这倒是！大冬天上山就怕憋尿，解了扣子再系很是难……虱也果真只安家在衣裤的缝隙里，咬人时也不离衣裤。于是大家都光腚睡，通夜安宁。

男生们与虱子朝夕相伴了，那么女生呢？她们认为这是糗事，于是有的说无，理不直气不壮，有的不作答。那就是也都有——她们也是人。

服的是，有的同学用开水烫内衣裤，有的拿到零下四十多度的室外冻，都无法灭除这些小东西。一人灭有何用？虱会爬，一晚能在十多个铺间打来回。

灭不掉，只能随它去。这小东西遭恨，倒也惹爱，爱是因为可以宣泄，乐在爆虱，把生活中的烦恼倾泻在虱子身上。

老话说："债多不愁，虱多不痒。"

与虱子一直共存到回沪，吓得母亲将我全身的衣裤用滚开的水烫了又烫。

就此别了老白虱！

现在还时不时想到曾经的"宠物"，是老白虱伴我一起度过了充满艰难困苦的知青岁月。

燕麦

　　燕麦，禾本科，世界性栽培作物，又称雀麦、野麦子。燕、雀指其形，粒样儿活脱脱如燕似雀，尤其叉开的那对芒尖儿，像极翩飞时的燕尾。说其野，是因为燕麦抗寒、旱等恶劣气候，根茎发达坚韧，耐贫瘠，抗倒伏，无须打理，种子落到野地里它也照长不误。

　　我下乡所在队上的燕麦地在江岛头上，那里地闲，不种白不种。沙地贫瘠，加上种不了其他植物，只能连作，燕麦长得稀稀疏疏，仅作马饲料，故不太在意长势。我捏捏麦粒，瘪瘪的，人吃是没啥意思。但对马来说，燕麦是精饲料，吃多了，马儿会活蹦乱跳。

　　以燕麦为主食的骏马，耐力特强。当年的蒙古军以擅长长途跋涉而著称于世，正是燕麦壮了人马。相传，成吉思汗率领大军远征时，都要求全军将士饮燕麦酒誓师，并且携带营养丰富、食用方便、耐饥饱腹的筱麦炒面作为干粮。筱麦

就是燕麦。

早在公元前 2000 年之前，就有人发现了燕麦，不过那时没人吃它。燕麦处理起来很麻烦，很难脱皮，而且产量低，口感也不好，所以很长一段时间内，东方也好，西方也好，都不怎么待见燕麦，基本上都当马饲料来种植，将其视为"贱谷"。

公元 779 年，英国人开始大面积种植燕麦，说明那时候英国的马也不少。当时，只有灾民在迫不得已情况下，用燕麦果腹和充饥。

中国种植燕麦已有 2500 年历史，源于华北高寒地区，那时就叫"莜麦"。

19 世纪中叶，美国出现淘金热，有人将燕麦种子带了过去，并开始种植。一位名叫费迪南·舒马赫的商人掀起了一场饮食改良运动，声称燕麦是一种营养丰富的食物，很容易让人有饱腹感，非常适合早餐食用。燕麦便宜，正合淘金者之意，所以底层百姓就开始吃起了燕麦。后随着大量宣传，燕麦渐渐成了人们早餐的首选食物，欧美人由此养成了早餐吃燕麦片的习惯，直至今天。

燕麦之所以能够从马饲料变成人类的营养早餐，是资本的力量在默默改变人们的生活习惯。苏格兰人特别喜爱吃麦片，曾被嘲笑"吃马食"。

不过，现代科学也证明燕麦的确有很高的营养价值，拥有超过大米、小麦等谷类粮食的蛋白质和氨基酸，同时拥有丰富的维生素以及膳食纤维，还能降胆固醇，调节血糖，改善便秘，甚至减肥。

麦片如今也已上了我们的餐桌上，中国商人也照搬了那套宣传模式。

燕麦的前世是战马的口粮，而今已逆袭成为食界的时尚宠儿。不仅如此，在以瘦为美的时代，女士们对于减肥已痴迷上瘾。燕麦片一吃就饱的神奇功效，让减肥者欣喜不已。

燕麦，俨然成为新崛起的全谷类贵族。但我家从不吃燕麦，我与马有多年交情，我往马槽里添燕麦时，马别提有多欢喜。我若也吃燕麦，那是与马争食。

麦垛

好不容易把麦割了，在套子岛的两头集成垛，然后等打场。

黑龙江上游九月见雪，十月见冰，十一月江面可走爬犁，大而沉的康拜因脱粒机得等到冰层足够厚的十二月才能由东方红履带拖拉机牵引上岛。

打场，人机在寒冷的旷野里日夜闹腾，吃掉一个个麦垛，边吃边吐，一边吐得秸秆飞扬，另一边哗啦啦吐麦粒。拖拉机送电，二十四小时不停地吼。输送带一转，人就得奋力叉送成捆的麦子，人人手舞足蹈，麦垛有点像舞台。先是居高临下，人还省力，随台面下降，由下往上挑送，使力更大。

麦垛都巨大，像一堵堵高大的城墙，像一艘艘巨轮。这样的麦垛有几十个。

十二小时一轮，哪轮都能看到寒冷的夜空。大家都没有钟，更无表，时间天定，北斗勺子竖直了，准准的十二点。

　　打场是人海战，仗人多。干啊干，有先扛不住累的年轻人往麦秸秆里一钻，一闭眼就睡死了。少一两人不引注意，一旦躺下的人一多，输送带空转，那边接麦粒的老乡就开骂：都干傻啦！出来不，再不出来叉你个兔崽子……眯上几分钟也好，又都舞起来。

　　也有让人兴奋的时候。

　　麦垛里集着这块地里所有的鼠，鼠舍不得这些麦，垛逐渐变小也不跑，全拱在一起。所有人持叉逮鼠，最后一层麦子挑走时就像揭了盖，成百只鼠一哄而散。所有人照鼠挥叉，逃的逃了，留下已死的、半死的，无数。我们只图好玩，老乡们却将死鼠扔进了燃烧的秸秆里。一会儿火熄，这几个老乡从灰里扒拉出一个吃一个，倒也精，只撕鼠腿，吃得啧啧有声。完全可以确定他们爱吃鼠，常吃鼠，就这种吃法。

　　站在这些麦垛上那年我十六岁，我不喜欢在这个舞台上跳单一动作的舞。这个舞台的灯光是星星跟月亮，乐声是缺少乐感的拖拉机跟脱粒机的鸣叫声。不得劲的是没有女生，女生不打场。男生们没有这种天然动力，累得不行。这些个麦垛从未沾过爱情的边。

北红记忆

北红是一个地名，早先叫"大草甸子"，风吹草低见牛羊。

中国的许多地方会因人文、政治等重大影响而更名。最北的一个村落将有重大事件发生，怎能不改个鲜亮些的名字？"北红"——不错！起名的人定是一个思想又专又红的人。

大草甸子会发生什么事呢？好事，要来人了，不是几个，是几百个，且都是年轻人。有几个北红小伙在想，有姑娘吗？就此他们有了梦。

起名的那个领导最得意：这么些脸蛋红红的，心也红红的年轻人要来这儿，这疙瘩非红不可。

中国的版图很像昂立的雄鸡，北红就在鸡冠子尖上，好找。究竟有多北？如今有了标识，北纬：53度33分43秒（黑龙江主航道中心线是53度34分）。

最北的地方会出现什么情况？

林深、人稀、寒冷、极昼。

外地的年轻人来了，最原始的村落一下成了繁闹的集镇，人欢马叫——一共来了 217 个男女青年。于是进行了首次编组，分成 3 个生产队：青年队、前进队、先锋队。别小看天高山远的地方，那里的人一样新潮，队名拽拽的，嗷嗷叫！

这么小的村落电没进来，但自己有小电厂，就供照明。两个壮汉（北红唯一的工人）白天劈柴，天黑前升炉，烧得热气蒸腾，连轴飞转，热能迅速转换成动能，带动电机，输出电能——北红亮了。

我与浦东（那会是南汇县）惠南镇另外 58 个同学去了先锋队。那是一个岛，在村的西边，几里地远。黑龙江上岛多，且大都在主航道中方这边。这是个比较大的岛，原先用于放牛放马。马是大兴安岭重要的劳作伙伴，圈养，先锋队马种好，人又都是好把式，劳作实力全县有名。牛散养，四面是水，跑不了，牛也不想跑——岛上草盛，牛好肥，奶袋子特大，但性野，不让触碰。

岛上没电，电线没架过来，架也没用，小电厂发的那些电根本不够送。

于是每人自制一个柴油灯，点亮了一张张稚嫩的脸。

流冰

每年深秋河面全部封冻前会形成流冰在河面上漂浮。

这是初冬，其实还属秋。

落叶松已被雪盖，乖乖入睡。小动物们还在填仓，忙忙碌碌，踩出一道道专属自己的路，留下一路粪便，等于警示：私有通道，严禁侵占。飞龙鸟受不得惊，明明隐蔽得很好，不放心，扑棱棱起飞，反而暴露了行踪。黑瞎子还未入洞，想贴完最后一膘再去冬眠，因为年底年初将生宝宝。

人们开始做进山准备，磨斧锉锯，备足绳套，检查爬犁、马掌——组建的伐木队跟林场签了协议，多少人，多少马。上阵的都强壮，不会掉链子。女人守在家，侍奉老人和带娃。女知青呢？小农活还是有的，有就干，没有就歇，闹闹笑笑，一门心思想嫁个结实能干的男人，免劳累，享清福。

这时开始封江了，刚封的江面透明的，能见游动的鱼。于是追，用斧背砸，一砸一窟窿，捞起被震昏的鱼，也是丰盛的晚餐。有时候鱼没砸着，一脚踩空，湿了腿。流冰冻冻流流，会堵江。但秋季的流冰不厚，规模不大，来水不沛，不会带来多大的险情。

黑龙江的冰很厚，很难凿开，只有春来融化，所以冬来之后，又都盼春。

春也流冰，春险更大。开江冰裂，边融边走，沿江人管这叫"走冰排"。开江的流冰块头大得多，挤挤撞撞，浩浩荡荡，阵容因此壮观得多。狭窄处、弯道处，前面的流冰慢了下来，后头未减速，似高速公路出现连环撞击。谁都动不了时，一堵就是几公里。可是上游的水源源奔来，无阻挡；下不去，就往岸上溢。水不管，闹灾就闹灾。

流冰一年两次，深秋河面封冻前和春季冰面解冻之初。江边人的心一年提两次。

我插队落户在黑龙江的一个小岛上，故而见识到开江时流冰的气势，犹如千军万马奔腾而过，声响如雷，隆隆不绝。夏季我在江边仍能见到还未融化完的冰块，可见其流冰之大。在江岛的林子边上，我还找到一箱散架的肥皂，肯定是上游哪家小店冲下来的。水泡过，糊了，已不能使用，但依稀还能认出"固本"两字。

猫冬

　　北方大地，越往北越冷。我插队的套子岛地处中国版图的最北端，孤零零地杵在黑龙江上，没林子遮挡，寒流袭来一点折扣也不打。最冷的一年竟然达零下五十多度，地上冒烟，彻骨寒气像刀子，割皮割肉割骨头。大老爷们竟然也有扛不住的，嗷嗷嗷地哭鼻子，听上去就像是在嚎。

　　这么冷的天，哪儿都不能去，当然啥事也干不成，只好藏在屋子里过冬。"藏"字是我在说，东北人叫"猫"——躲藏的意思。这时候的猫不往外跑了，天天就老实地在烧得热乎的炕头上趴着，"猫冬"由此而来。有文化的人说这是人类的冬眠。

　　为什么不说狗冬？

　　因为再冷的冬天狗也不会藏，也不让藏。村上一只叫黑子的狗子挺可怜的，它也想挤进温暖如春的屋内，像猫一样在暖暖的炕头趴一冬，然而主人会呵斥，不让进。黑子闻了闻自己——并不臭呀！

狗来自北方，原本是狼——一头来自北方的狼。马也来自北方，马也不怕冷……北方来的动物皆不怕冻。猫来自南方，非洲的埃及。埃及人不怕热但特别怕冷。人如此，猫也如此。猫虽然有毛，但没有真正能御寒的绒毛。猫与狗，基因不一样。

早上启门，在门外待了一宿的狗子满脸霜雪，一背积雪。主人见怪不怪。狗子盯着主人，并不抖去身上的雪，像故意让主人目睹它冻成的狗样。狗子透过门缝一眼就看到了猫，猫在暖暖的炕上眯着眼养着神，安逸无比。还有猪，虽有围栏圈着，上不了炕，但毕竟是在屋子里头。狗子心里愤愤不平，它觉得欺狗太甚！但它不敢恨人，它的基因教它任何情况下都必须忠义认主，况且从小到大主人没让它饿过肚子。它也不恨猪，猪光着身子，确实不抗冻。于是单恨猫，恨不得一口咬它出来，扔进野地，叫猫好好尝尝天寒地冻的滋味。主人什么都没意识到，喊了声："黑子，开饭咯！"门里飞出几根骨头。骨头还没落地，黑子一跃而起，衔住了一根，身上的雪随之抖落。黑子的喉咙里发出咕噜噜的声响，好像在说：这还差不离！

黑子把所有骨头一一嚼碎后咽进了肚里，它的嗅觉特别灵敏，雪地里骨头渣子也被它搜得一干二净。它舒服多了，心情也好了许多。它听到了女主人响亮的声音，同时闻到了馒头出

笼前的香味。它继续守着，一会儿女主人起码会给它些实在的东西。它听得女主人在叨咕男人："办事不麻利，骨头啃得倒是挺净的，就不能留点肉给黑子？"黑子通人性，真想进屋给女主人作一百个揖。

黑子是女主人打小抱进这个家的，一晃七年，在人间差不多是知天命了。它喜欢冬天，它有许多强项在冬天才会发挥得淋漓尽致，但狗子绝对反对猫冬。人猫冬，狗淋雪。

不过，猫冬时期年年会有一个叫过年的时节，人们会大吃，狗肚子这些天也能撑得舒舒坦坦。人们会放烟火，"嗵"的一下差点吓死狗子。人确实聪明，能点亮夜空，把夜空美化得绚丽多彩。最让黑子满心欢喜的是过年这些天里可以坦然入屋，与猫共享屋暖。不过熄灯前黑子还是会被请到室外。黑子闻了闻空气中浓烈的烟火味，它明白了，猫冬是人的事，它的责任是守护猫冬着的主人。年过了，猫冬也快结束了。

捞麻

在兴安岭的深处，生存的家什都是自己制作的。捆扎、牵拉是最基本的动作，麻绳成了最大需求。

黑龙江的土地适合种植亚麻，那儿称线麻。秋季，将收割的线麻暴晒后一捆捆扔进水潭，半个月后，线麻表皮经过腐蚀，表皮脱胶溶解，可以捞起来进行打麻工艺。

兴安岭的冬季进入得早，水潭已经冰封。队里组成捞麻敢死队，身高成了我必然被选的因素。潭边，壮士们一口喝下二两半白酒，队长一声令下，小伙子身上脱剩一条裤衩，喊叫着下潭穿梭。浸泡在潭底的线麻随着上层被搬走一点点上浮，第一个伙伴一脚踩空落进冰凉的水里，披上大衣直接回屋里，然后第二个、第三个，直至全都落水，收工。

这是最难忘的一次经历，这是与天斗的真实体验，一生中体感最冷的一次，心脏都要骤停了。当勇士们缓过神来，像完成壮举一般欢呼起来。这是工时最短的一天，每个人得到 2 角 4 分的工分。

靰鞡草

靰鞡，满语指冬天穿的"土皮鞋"。据说，当时的人嫌"靰鞡"笔画多了些，后来就写成了"乌拉"。我的老乡把靰鞡的后一个字读成"噜"或"喽"，我们就跟着"靰噜"或"靰喽"。

靰鞡鞋分大、中、小，没有具体尺码，出售时按重量以旧制的两为单位计价，一般为八两到一斤。东北有一则谜语："有大有小，农民之宝，脸多皱纹，耳朵不少。放下不动，穿上就跑。"皱纹是靰鞡鞋头上的"包子褶"，松紧而好看。耳朵是便于提鞋的"皮耳子"和"提把儿"，是鞋外自己加装的皮环和防脱落的皮带条。

见过老乡穿的靰鞡鞋，不分左右。也许觉得贵，平常他们舍不得穿。我们穿的是棉胶鞋，上海出发时连同棉衣棉裤大衣一起发予的。冰天雪地外出前先得像旧时老太太缠小脚那样用布带裹脚，再穿上毡袜，否则抗不了冻。所以鞋一定要大，不大，裹那么多层的脚放不进去。

我所在的知青点是一个江岛，岛尾低洼处有着许多草墩子。老乡说那叫"塔头墩子"，上面的草死后再生长，再腐烂，再生长，周而复始，草根与土灰凝结而形成。这就是传说的东北三宝中的"乌拉草"。每个老乡都采集这种草，晒干后捶打至柔软，储其茎，冬季垫脚保暖。因为不用花钱，故被称作"穷人之宝"。

相传好猎的乾隆有一次追兔追远了，返不了宫，就在一个破庙里宿夜，半夜冻醒，脚冰凉。然而院子里的旗兵们铺草为席，看样子一点不冷。乾隆学着将草揣到他的靰鞡鞋里，果然暖脚，便说：靰鞡里的草还真可以啊！塔头草从此更名为"靰鞡草"。又说，东北三宝原是"人参、貂皮、鹿茸角"，是乾隆爷将"鹿茸角"改成了"靰鞡草"。

我们起先看不上乌拉草，认为毡垫总比草强，然而脚一出汗，受潮的毡垫保暖性大打折扣。转而也用乌拉草，不潮，还暖，真的管用！

那次重回第二故乡时我问老乡，现在你们还用乌拉草不？回答：用，干吗不用？这玩意儿还真没东西取代得了！

界江

　　大兴安岭的寒，冰冻三尺成易事。每年 10 月中下旬黑龙江漠河段就封江了，续冻不久，爬犁率先上冰面碾道，然后汽车也驶了上来。

　　黑龙江是我国最长的界江，我在那当知青时对岸是苏联，现在是俄罗斯。开江后，水最深处为主航道，即为边境线。大船比较规矩，一般都取中间航行，小艇若在江中打弯掉头，可能会越界，若是正常航行双方都不会找碴。我乘过一次江轮，从北红到漠河（现在的北极村）去看病。这是一艘古老的火轮船，推进动力来自尾部的一个巨大转轮。这种船行速极慢，声却挺大。我全程看那转轮，其间见到一艘快艇在江中掉头，大概没把控好速度，弯过大，一头冲上了人家的滩。但见上面的人惊慌失措急急将船推回水里，一溜浪花驶了回去。这越界越得太过分了，对方的瞭望哨不可能不看到，但会分析，未从暗堡现身，说明司空见惯。

入冬封了江，虽不知哪处深哪处浅，但应该大体知道哪里是中间。为防误越，现在在一些观光景点外的江中间临时插上几根杆子，以示警戒。你绕着那根杆子转个圈估计不会有多大问题。那次故地重游时，马老师（同学的老婆）不知杆有何用，没用多大劲拔了杆，然后没给插回去。两国的哨兵同时奔向杆处，对冒失者一通教育；然而发现杆子确实不太稳固，倒腾好久，杆重竖。边境游玩，你以为没人注意，其实一举一动全在双方的望远镜里。

当年我在此插队落户的第二年，反修队一个姓石的知青突然失踪，遍找不着，有人在冰封的江面上看到一串径直往北、越境而去的脚印。这会不会是失踪者的脚印？不能确定。第三天，苏方照会中方，说我方一个军人跑到了他们那里，人已死。知青们发的冬装颜色同军装，不佩戴领章、帽徽而已。人交还了，确实是石姓知青，冻得邦邦硬，冻得刷刷白。他为何跑到对面去，他想干什么，他又是怎么死的？一连串的谜。人死了，带走了谜，苏方什么也都没说。边境无小事，上面来了指示，对所有知青展开教育。这就是活教材——到对岸会成这个样，足让年轻人魂飞魄散。

时隔五十年，我从黑河出境到俄罗斯远东第三大城市阿穆尔州首府布拉戈维申斯克市一游。当初隔着岸看不清那边人的脸，这下可以好好瞧瞧了。真是怪，就隔一江，人样咋会这般不同？江那边的人要比我们这边少许多，如果没这么些中国人前去旅游，冷清清一个城。奇怪的是所有行人好像看不见我们，除了店家，没有人会主动与你打招呼，但邀他们合个影却都愿意。

　　境外少问他国事，问也白问。两个国，如同两个世界。

嗷嗷叫的东北话

我们队里的那些个老乡没有佝偻样的，即便他们现在也都老了，胸膛依然挺挺的。这跟扬鞭策马有关，也跟说话有关。不是嗓门大，是词话之末爱用第四声。

当年我毕业分配上山下乡可选去处有：云南、黑龙江、内蒙古。父亲让我去黑龙江，因为那儿汉人为主，说汉语，说得通。

漠河北红，临江，江对面便是外兴安岭。方圆百里无人烟，去了才知道这旮旯有个最北行政村。我落户那里时北红是大队部所在地，原先是大兴安岭罕有的旷地，草茂盛，所以称"大草甸子"。最早在此安家的是山东、河北一带闯关东过来的汉子。许多人娶了江对岸跑过来的俄罗斯女人，因为到关内老家找婆娘要彩礼，娶不起。也难怪，女儿跟你走，今生一别难相见，等于"卖"；俄罗斯那边的女人好对付，你要，她随，只要有饭吃。那边看好这边，都愿嫁到大草甸子。

那边的人基因强大，生下的孩子灰眼珠子，泛称"二毛子"，就是混血儿。如此繁衍，村民中混血儿的占比达到了40%。

除了血统，语言也受影响。"木刻楞"（木材垒成的房子）、"喂得罗"（水桶）、"列巴"（面包）、"勃留克"（大头菜）、"杜德拉克"（傻蛋）……这些大多带去声的俄语词汇渐渐被东北汉子接受，毛子调因为没有对应的中文，音译名称便成了日常用语。

再加上东北原本是蒙古族、满族、达斡尔族等少数民族聚集区，词汇构成多样，东北话吸取了更多相当于外来语的词汇。其中满语为最：旮旯（角落）、埋汰（东西脏）、磨叽（慢吞吞）、嘚瑟（出风头）、掰扯（辩论）、嘎瘩（地方）、呲楞（滑）、牌儿亮（漂亮美丽）、呵斥（责备）、巴结（奉承）、杠杠的（关系好）、整（弄、做、喝）、傻拉巴唧（傻得可以）……除了日常生活用语，地名也有较多外来语：加格达奇（樟子松生长的地方）、珲春（边陲之地）、瑷珲（可畏）、哈尔滨（天鹅）、吉林（滨海之城）、漠河（"额穆尔河"的另一个翻译方式），乌苏里江（东方日出之江）、松花江（天河）、牡丹江（弯弯曲曲的江）、兴安岭（兴安，意为丘陵；岭是汉人自己加上去的）。

综上所述，可见满语留下的最多，而且不仅限东北，已在汉语体系中根植下来。

入乡随俗，我当初觉得东北话蛮好听的，必须学，但我学得不溜。有几个同学成功拿下了当地的语言，已听不出是外乡人，这才算真正融入。

前年有几位文字工作者随我去了漠河，十天带回了好多句东北语，到家就学，逗乐了全家人。

东北人说话不绕弯，精选的词汇精准精炼，浓浓的生活气息，容易组成金句，不服不行。

瓯语鸟叫，京腔带火，苏州话急人，沪人开口被认为语硬。唯东北人讲什么并不带棱角，重点在词语上，所谓的嗷嗷叫，不是说话声音响，而是指透彻、明朗，便于对照。一切皆因东北人海纳外来词汇，丰富了自己的语言。

东北话已忘了好多，舌头变硬，说是说不上来了，写稿时仍喜欢选用。

最北茅楼

北红，我国最北的行政村（当年称大队），1969年11月，我一门心思与57个同学从上海跑到了这个地方插队落户，历经6天5夜，户口也迁了去。我被安排在黑龙江的一个小岛上——如今那里竖了块牌，标着：最北知青点。人都成最北，周围的一切当然全部最北，包括厕所。

说厕所是不恰当的，那叫什么？用树皮杖子简单围一下，外头虽然看不清里面，但能看见里面有人。没有顶盖、没有门，中间挖一大深坑，几条板铺在上面，留个空档，人蹲着，就像从很高处往下排泄，所以有个比较合适的名称，叫"茅楼"。

上厕所古时叫更衣，后又被说成解手、出恭，现在最文雅的叫法是洗手。西方人称搞花，日本人叫打猎。大兴安岭这旮旯的人直而简，就说大小便。

茅楼隔成两处，男左女右，但是女生们从不单独进入，不是惧脚下的楼板，而是隔挡的树皮板有缝。她们每人端一个痰盂罐，黄昏时分排成一溜，鱼贯而入，然后在男生的哄笑声中跑回宿舍。

在东北，冬天的茅楼能把鬼冻晕。夏天倒好，四面透风，不熏人。

男生没一个带痰盂的，大便只能忍住寒冷到茅楼解决，速度个个快。进去的第一个动作是一脚踹掉杵在粪坑里的屎橛子。贼冷的天，粑粑拉出来即冻，垒成个塔尖子，不踹透会磕碰到屁股，边拉还必须左右挪腾，因为一拉就又形成屎橛子。小便就都对不住了，拉门就尿，一冬下来，屋门外尿成一座小冰坡。冬天无味，春化时阵阵尿骚味。队长说，一天工分，谁刨？常胜不怕脏，他领了活。事后特悔，说一弄就有崩尿渣子，溅脸上倒好洗，衣服就不好洗了，故成"骚常胜"。

东北如厕时要将腰带挂在厕所显眼的地方，以示他人。冬天大家都速战速决，不必示，夏天得挂，避免撞厕。

东北风景迷人，厕所熏人。我们的最北茅楼臭得还好，一是六面透风，二是猪们有灵性，茅楼一有人它们就都奔过去。人的排泄物，它们的美餐。

我离开小岛时，茅楼隔板上的树皮被剥净了。我们用纸擦屁股，老乡都顺手剥一块树皮刮。我从不相信能刮得干净。

岛上不住人了。知青们一走，老乡们也全撤了。我和同学们回去看时，木刻楞房子全没了，茅楼更是消失得无影无踪。老乡说，房子一倒，大家就劈成桦子当了柴火。

岭下异果

（一） 稠李子

稠李子，落叶乔木，花美，叶美，果实圆润诱人，因丁香之香过于浓烈，反而给人臭觉，故东北一带将之叫作"臭李子"。

稠李子臭归臭，吃时臭消香回，还鲜甜。一般都大把吃，吃多了毛嘴，有点涩。

知青们住在小岛上，靠江边的林子里生长着不少稠李子树。结果时，能够得着的枝干都被采秃。高处还有，但十多米高的树干不粗不细，不易攀爬，望果兴叹。

周边的无人小岛上稠李子树特别密集，挂满了黑色小果，但谁都不敢上去。那些小岛靠近江中的界线，尚存争议，不允许擅自去登。

稠李子果子可以加工成果酒、果脯、果酱、花果茶等；叶、花、果、树皮均可入药。稠李子含鞣质，具有涩肠止泻功效且无毒，无副作用。稠李子树的枝干是生产木耳的最佳原料，作为培养基，比柞木出木耳量提高 50% ~ 80%，且质量上乘。

如今稠李资源已趋枯竭，直接影响木耳的生产。闻闻臭、吃吃香，且有那么多使用价值的稠李子树不知还有人栽培否？

（二）雅格达

唐代疆域北逾贝加尔湖，而王维只知南国（南方）有红豆，却不知北国（北方）的红豆更相思。他写了不少边塞诗，河西居多，可见他没去过东北。

红豆，浆果，学名红豆越橘，大兴安岭地区的人叫它"雅格达"，鄂伦春语"相思豆"的意思。这是一种小矮棵植物，高不及三寸，叶厚呈椭圆，果盛呈串，成熟时将秧压至地面，喧红夺绿。陶渊明说："种豆南山下，草盛豆苗稀。"兴安岭是"豆盛草苗稀"。

雅格达具有十分顽强的生命力，耐贫瘠，适于在高山陡坡和林间空地生长。拨开灌木和杂草，到处能见到一种红宝石一样的果实。有人说它像古希腊神话中的英雄安泰俄斯，只要接触到大地，就会产生无穷的力量。寒冬，草木枯萎，红豆即使被冰欺雪压，依旧红得剔透鲜艳，雪下照做绿色的梦。

仲秋时节，我嘴馋，不由自主跑进山里，边摘边吃。很奇怪，越采前面越多，如同走入童话世界，多得眼也跟着馋……猛然想起黑瞎子也特别爱吃此豆，在红豆盛处遇到黑瞎子的事例好多人说过。黑瞎子不会像人那样细采，而是急吼吼连草带果往嘴里推。人兽都迷着果子，巧遇就成可能。但不要惊着对方，一般都相安无事。可我一想到可能会遇上这个大家伙，魂都飞起来了，哪还有心思吃那雅格达，拼命找路回。糟糕的是林子太密，看不到阳光，不知东南西北了，而且太阳正在西下。找了多条路，都不是下山的道。亏得听到人声，隐隐约约吆喝着牲口。往人声处跑，跑出了山。

之后，对雅格达欲望再强，都忍了。

雅格达能做酒，前几年重游故地时喝到了，比葡萄酒好喝，不过容易醉。

（三）都柿

南方人基本都不知"都柿"是什么东西，说出它的另一个名字——"蓝莓"，不仅知道，可能还都知其味儿。都柿就是蓝莓，蓝莓就是都柿。蓝莓名字洋气，但并非洋果，而是大兴安岭的山野特产。

知道那里的吃法吗？

——买一桶回家吃去喽！

　　单吃其果印象也许不一定深，尝了蓝莓酱就难忘了，酸已细微，甜却升华。

　　清朝曾任漠河金矿提调的宋小濂写过一本叫《北徼纪游》的书，书里介绍说：都思木本，高尺许，七月熟，黑紫色，形类山葡萄而小，味甘酸，俄人以之酿酒，华人所谓葡萄酒者是也。

　　兴安岭的都柿在哪都可见，洼地潮湿处更是茂盛。当年为何那么多人闯关东？就因为关内饿殍遍野，而关外的大、小兴安岭漫山都柿，只会乐死人，没有饿死人。宋小濂谓之"都思"，把都柿喻成人人念想之灵果，真是妙极！据说"都柿"这个名字是鄂伦春人叫出来的，大家去林地里找这种蓝果子时必定会说"都是、都是……"后来就定名：都柿。

　　由于都柿生长在气候寒冷的大、小兴安岭原始森林中，不受任何环境污染，且地表以下是常年不化的永冻层，蓄水并固肥，这儿的都柿很幸福。都柿的营养价值很高，是酿酒、制作饮料、做成水果糖和果酱等极佳原料。都柿的果胶含量很高，加工成的果酱即成果冻。还听说常有采集者倒在地里，抬回来慢慢会醒。采时个个都在吃，小果子酵后乙醇量较高，会醉人。出生漠河的迟子建谈及都柿，说："它是浆果中唯一能把人醉倒的，你吃上一捧、两捧甚至是一碗也许还心明眼亮的，但如果你一连气吃了两三海碗的话，你就眯着眼打盹，等着见周公去吧。"

都柿（蓝莓）富含花青素，具有活化视网膜功效，可以强化视力，防止眼球疲劳。东北之外，市场上销售的蓝莓可能大多人工栽培。种出来的蓝莓个大，但花青素远不及野生的。据说，美国最早开始栽培，并传入了我国——毕竟产量高，还好看。

岭下奇花

——大兴安岭被誉为"万花筒"……当然最多的是雪花。

（一）野百合

大兴安岭的春天来得晚，种植时间也迟，大家春末夏初才开始忙活。一般在"五一"前后下地窖选土豆，接着围在一起削栽子，有多少个芽眼削多少块，一芽种一个。然后拉犁杖垄沟，落种，覆土。犁杖用人拉，留一个在后面扶犁。有意思的是能刨出好多百合鳞茎，大多让犁头刨碎了，有整个的，扶犁的腾出手来负责捡。见稍干净的，扶犁的往身上擦擦，吹几下，送嘴里。拉犁的听到脆咬声，问："甜不?"回答说"比土豆甜。"于是，大家满脑子煮烂了的百合。

六月，百合花与土豆花一起绽放。草甸子的百合开的是白花，最纯的白百合。犁碎了的鳞瓣一瓣一花，一花一喇叭。有的不只一个喇叭，老乡说，一个喇叭一个春，指喇叭多的年份久。

宋代的陈岩诗百合："几许山花照夕阳，不栽不植自芬芳。林梢一点风微起，吹作人间百合香。"

我们当时只闻煮熟了的百合香，我不知陈岩这个"百合香"包不包括瓣儿煮出来的香。

家人喜欢插花，花店喜欢叫你选百合花。我觉得花店里的百合花味过于浓烈，给人不安，不像草甸子上的野百合花清新暗香，耐人寻味。

重回大兴安岭时我带家人和朋友去见识了那里的野百合，但未让他们生尝，这要候着种土豆时节，即刨即吃。

（二）芍药花

——大兴安岭的花不仅美丽，而且可以治病，芍药即是。

根据大兴安岭的气候特点，适宜生长的野花种类较多，比如迎春花、杜鹃花、鸢尾花、狗娃花、蒲公英花、马兰花、桔梗花、山丁子花、芍药花、牵牛花、斑花、蛰麻子花、翠雀花、芙蓉花、金盏花、鸡蛋花、耗子花、狼毒花、紫藤花、丁香花、金莲花、龙胆花、野百合、草苁蓉等。其中的芍药较多见到。

据《本草》记载：芍药犹绰约也，美好貌。此草花容绰约，故以为名。

百花园中，我们的先人将芍药推为"花相"（花中宰相）。古人于离别时赠送芍药花以示惜别之情，所以又名"将离""离草"。芍药自古就是中国的爱情之花，因而被视为七夕节的代表花卉。

远看芍药似牡丹，芍药和牡丹同是富贵之花，有美丽和富贵的象征。相传芍药和牡丹都不是凡间花种。有一年人间发生瘟疫，花神为了救助世人，偷盗了王母的仙丹，洒下凡间后一部分变成牡丹，另一部分变成了芍药。

野芍药有非常强大的繁衍能力，一个坡上只要"定居"一株芍药，几年后就会漫山，一块地里只要见到一朵芍药花，过两年这儿花就遍野。每年八月，大兴安岭的野芍药开始怒放，一堆堆，一簇簇……族群无论大小，团结示人，并与万花媲美。

芍药全身都是宝，其叶、茎、花、根儿都有很好的药用价值。芍药通常就叫白芍。现代研究表明，芍药的精髓主要在根上，镇痛、消炎作用显著，能改善并增强心血管功能，在增强机体的免疫功能方面，也有着较好的效果。芍药与其他药材搭配使用便具有更广泛的药效，尤其是在妇产科方面。可以说，芍药是妇女一生的常见用药，何况芍药还能美容养颜，有让皮肤更有光泽的功效。芍药真不愧为女科之花，妇女之良友。

大兴安岭的野果个头都不大，小而精。而大兴安岭的野花

却有小也有大。芍药花就很大,大如牡丹。一株野芍药的茎叉上可以开出三到六朵芍药花儿,围在一起,远看就像一朵大花。

我当年插队的先锋岛原先到处是芍药,那时没人会挖,五十九名知青加上十多个老乡守在岛上,即便有人想动芍药的脑筋,谅其也不敢。知青走光后,老乡们跟着全撤了。人走兽来,最多的是野猪,拱土不止,它们太爱吃土豆。盗者也多,成群结伙上岛盗挖芍药,都是连根挖,芍药还怎么延续香火?老乡们恨得咬牙,却没法对付。这帮人一来就是个摩托大队,仗势,而且来得快去得也快。

大前年重回曾经插队落户之地,绕江岛一圈,见芍药家族确实十分悲凉,尚存不多,但仍顽强。老乡们加强了护岛力量,如此,这个芍药族群要不了几年仍会在此兴旺起来。

(三) 兴安杜鹃

——大兴安岭的杜鹃红五月,老鼻子了!

东北话"老鼻子"是说某样东西很多很多。

兴安杜鹃是花名,并非单指兴安岭里的杜鹃。其他地方也有兴安杜鹃,只是不像兴安岭那么红遍林子和草甸。

兴安杜鹃还有大家熟悉的好几个名字,一部《红星闪闪》以"映山红"为背景;抗美援朝电影看多了,谁都知道"金达莱";陕北人高唱的"山丹丹"……这些都是兴安杜鹃的别名。

广袤的大兴安岭的春天来得比其他地方晚,雪还在下,兴安杜鹃就已苏醒,开始报春,红与白的奇幻色彩,很醉人的。

当年不稀罕,红花从开到谢,天天陪伴着我们,不会多看一眼。如今,插兄插妹们都很想再去看看,好像未曾见过似的。兴安杜鹃绽放的时期,山野比较单一,因为其他的花儿都还在沉睡。去了,只能跟兴安杜鹃打招呼,有点对不住众花众草。

兴安杜鹃是野花,不仅耐寒,也耐贫瘠。然而人们怎么种植都活不了。这跟养殖海鱼差不多,池子里怎么伺候都不行,现在干脆在海里设基地养殖,称为海洋牧场。这一方法被沿用到种植兴安杜鹃上,山上种,地气不变,保持野性。虽然成功了,但成本很高。

兴安杜鹃一枝一个样,古典优雅,喜者尤多。岂知人的这一喜好对花却造成了伤害——有利可图就有人滥采。

其实,杜鹃是不宜放在宅室内的,古时候视之为禁花。滴血杜鹃,等于血光,有啥好!

若说有哪种植物能"枯木逢春""起死回生",便是兴安杜鹃。冬天来临之前兴安杜鹃会把自己身体里的水分降到最低,由于枝干中含水量很少,跟枯死一样,一掰还有清脆的枯枝断裂的声音。看似枯枝,一暖即醒,水里一泡便起死回生,

所以枯枝长途跋涉运到南方都没事。但是这种"重新开放"并不是真的活过来了，无根之木是活不久的。等到养分全部消耗干净，即便是重新栽进土壤里，这枝条也将变得毫无生机。

没有买卖就没有伤害。遏制盗采是手段，最根本的是截住买卖源头，同时把种植成本大幅降下来。家花便宜了，野花就无人问津了。

过冬

入冬前，地窖已经储满，挨着窖壁大白菜垒到了窖顶，窖底分岔，一边堆满土豆，一边堆满萝卜。食堂四壁挂满了西葫芦干——圈形的薄片看上去就喜庆。角落里一酱缸腌韭菜咸得要命，却是力气的保证。

整个冬季能不能沾荤要看造化，山里的四脚动物从来不会自己撞死、摔死、累死，唯一的期待是马死。这是有可能的。常见马得结症，即肠阻塞。跑累了的马见食猛吃，倘若水又少喝的话，食物就会阻塞肠道。此时的马会烦躁不安，前肢不住刨地，卧地滚转，等肚子鼓胀起来就没得救了。因为发病快，十有八九活活胀死。救马的措施就是用人牙使劲去咬马的眼皮，侥幸、偶尔、或许能救回。马死，年轻人高兴难耐，队长却在一旁叹气。

马一死，食堂大师傅先卸了马腿，其余的张三李四随便割取。马夏天死，两天后就起味了，只能一埋了事。若冬天死，能搁好久，只是从硬邦邦的马体上挖取残肉老费劲哩。

队里养猪。猪一到冬天不管三七二十一地往人的屋子里钻，人若撵，猪像挨宰一般嚎叫。猪在夏天会自己上山找野果子，呼哧呼哧吃得肚子滚圆。都是开心猪，只只生龙活虎，从不得病。

要到过年了，才会有一到两只猪的日子到头。届时，队长亲自主刀，捅喉放血，割腿吹气，烫皮刮毛，大卸八块。

还是猪肉好吃，有肥肉。

每次，人人都能分到一碗，不可能全是肉，起码一半是西葫芦干。每次，第二天还能有碗肉片汤，同煮的必然是海带。山里缺碘，一年就补这么一次碘。

年一过，老菜单继续：煮土豆，煮萝卜，煮大白菜。

南方的朋友这些年去了大兴安岭后记住了不少风味独特的菜名，说东北可真好，有杀猪菜、炖血肠、大锅炖、乱炖……当年在大兴安岭插队落户的上海知青听了只有苦笑——以前哪里有啊！

北国的冬日谁都冻得够呛，但炉火能把屋子烤成热夏，没空调的年代，北方的冬季比南方好过。

桦子垛

大兴安岭九月见雪，十月冰封，次年四至五月才开江流冰，冬季漫长。对付寒冷就靠一样东西——"桦子"。

桦子就是劈成大块的木柴。

在大兴安岭深处，生火烧柴是取暖的唯一方式。可以到江边去捡发大水时漂下来搁浅的"渔柴"，拉回来后晾着，等冬天木头干了、脆了再劈，主要还是得从山上拉。松木最好，直溜，好劈，旺火。杨木木质软好锯又好劈。柞木、桦木的木纹粗，好劈，但木质硬，不好锯。水里捞上来的、山上拉下来的圆木先用锯子截成一轱辘儿、一轱辘儿（一段一段），然后用斧头劈成大块、小块（看家里的炉口有多大），再码成墙一样的垛。看一家人家会不会过日子，就看这家人的桦子垛多不多，码得齐不齐。也有不堆不码桦子垛的，那是懒汉家，懒汉取暖，现劈现烧。俗话说：家有存粮，心中不慌。在大兴安岭，家有桦子垛，过日子才不慌。

东北这旮旯有个不成文的规定，女婿头一次登丈人家的门，一般都会考考其会不会劈桦子。给你把钝齿的锯和没了刃儿的斧子，看你会不会锉齿、钳齿，锉没锉尖，一左一右钳没钳均匀，再看你斧子磨得怎样，秃了、卷了，还是磨出锋来了。家伙什能拾掇好，桦子肯定能劈好。

劈桦子有风险。知青的桦子自己劈，棉胶鞋前头都有裂开的斧痕。

知青宿舍当年用废油桶当炉子，一头掏个大洞添桦子，另一头挖个小洞，铁皮管排到室外，是为烟囱。火炕能够保温，铁桶差劲就差劲在柴旺时热得要命，半夜若都不愿起来添柴，热量立马散尽，个个冻醒。没桦子，真没法过冬。

早听说大兴安岭禁伐了，老乡们如今拿什么取暖呢?

六出飞花入户时

花分瓣叫出，雪花六角，故曰六出。

六出入户，北风吹的，那是大冬天的情景。

北方的雪跟南方的雪不一样，南方的雪含水量高，悠然落下，落哪待哪。北方的雪含水量低，轻飘飘跟着风到处跑，不漏掉一个角落，不错过一道缝，风入户雪跟着入户——六出入户。

鲁迅把北方的雪描述成"永远如粉、如沙，决不粘连……在凛冽的天宇下，蓬勃地奋飞"。说得一点没错，是那么回事儿。

正因为如此，南方的雪可堆雪人，北方的雪却不能。

北方的雪柔软蓬松，人在深雪中前行没想象中那么吃力。屋门口的雪很好扫，扫净后的地面干干的。

我在漠河生活过，我讨厌冰，喜欢雪。最怕去担水，井口泼洒的水结成了冰坡坡，溜溜滑，摔过才知人有多囧、屁股有

多疼。雪从没惹过事。我手套破了却浑然不知，露在外的手指头冻得像石膏，一位老乡急忙用雪帮我擦呀擦，才没废掉。我不知道雪窝子靠不靠谱，但见杨子荣在里头睡一晚都没事，可见雪是可以御寒保暖的。当然，这说的是北方，南方恐怕不行，可能醒来已是一滩水。

把北国豪雪描写得雄气狂放的是金代皇帝完颜亮，看他的《百字令·雪》（《念奴娇·天丁震怒》）：

天丁震怒，掀翻银海，散乱珠箔。六出奇花飞滚滚，平填了山中丘壑。皓虎颠狂，素麟猖獗，掣断珍珠索。玉龙酣战，鳞甲满天飘落。

谁念万里关山，征夫僵立，缟带沾旗脚。色映戈矛，光摇剑戟，杀气横戎幕。貔虎豪雄，偏裨英勇，非与谈兵略。须拼一醉，看取碧空寥廓。

我摘录了某位学者极好的一段译文：

雪啊，仿佛天兵天将挟着巨怒，将那银子铺成的大海掀翻，将那珍珠缀成的帘子拆散打乱。六角形的雪花滚滚飞舞，把那山中的丘壑起伏填成一片平坦。这雪又像癫狂不已的白虎，以及猖獗横行的白麒麟，一齐扯断了珍珠绳索。还宛如鏖战的玉龙，打得鳞甲满天飘散。

谁曾想起那雄关山岭上，将士在寒风中伫立，雪白的衣带紧贴着战旗的一角。戈矛泛着炫目的颜色，剑戟摇曳着凛冽的寒光，军帐中腾腾杀气萦绕。兵士们如貔虎野兽般雄壮，将佐们个个英勇，都在一起论略谈韬。此情此景下，应当一醉方休。

这个皇帝竟然是个诗人，北方的诗人。

多半人赞雪不带阳刚，北方的诗人不是，认为每一出雪片都是豪情满怀。

古代的诗人一来灵感总会想到酒，何况这是在北方、在雪中。

记得头一次下水塘子捞麻，一口闷了一瓶"小高升"（二两半装的白酒），生产队发的。那是苦酒，怕人冻坏。后来重回故地两次，与老乡们畅饮，因为是开心酒，越喝越和顺。不过两次都在夏秋，再去，准定选在六出飞花时。

雪中豪饮，一醉方休，是个好主意。

雪蘑菇　雪馒头

下雪了，入冬了。

整个冬天最忙乎的就是雪，一下六七个月。大地坦荡荡，如数收下天上飘落的东西，任其堆积。雪量可以估算，看雪蘑菇、雪馒头有多高多大。雪飘落在万物身上，如果不抖落，就会一直添置下去。北方的雪松软轻盈，凸状物无须负重，雪就无极限拗造型，形成一个个光滑、洁白、干净、圆滚滚的"雪蘑菇""雪馒头"。

此景只在深山有，因为山里人也喜欢大自然的手笔，美不胜收，十分喜庆。城里也许也有，但成不了片。好奇的城里人喜欢动手动脚，"蘑菇""馒头"刚形成，一会儿就被糟蹋掉。而且城里不可能有塔头地，造不了馒头型。

塔头，乌拉草的形态。草一层层烂掉，又在一层层上继续生长。一个塔头的形成需经百年、千年，甚至万年。城里怎么会有此物？

　　馒头能喂饱肚子，蘑菇能赏赐美味，雪馒头和雪蘑菇能消除孤独、抚慰人心。

　　我以前见塔头就绕，上过当，塔头是个活体，人踩上去会扭动。雪馒头下面也许是坑，也许是水潭子。雪蘑菇不耐玩，刚见时你我他一起给雪蘑菇变形，几天就玩腻。雪蘑菇只是亮亮眼，不是让你玩的。

　　大兴安岭风不猛，雪蘑菇、雪馒头能摆设半年之久。

　　鲁迅说，雪是死掉的雨，是雨的精魂。也许，雪蘑菇和雪馒头正是对雨的祭祀，那里头或许真有雨的精魂。

走出一条路

冬天真好，江水冻住了，冰厚三尺以上，别说走人，车都尽管驶上去。

小船冻在渡口，下半截埋在冰里，上半截被雪盖了个严严实实。这个状态要摆大半年。

江面成了路，江岛因而四通八达。来客猛增，密集的足迹可辨光顾的都是些谁——都是山上下来的兽。雪兔和野猪往来最频繁。每只雪兔与每群野猪都有其道，各走各的，所以只要数清这些兽道就知道有多少客人来过岛上，然而根本没法数得清。冬季难以觅食，动物们冒失闯入人的地盘。它们能嗅到雪地下面残留的食物，将其刨出来。畜生们牙口厉害，土豆冻得硬邦邦，但它们像嚼脆果。

每个人都可以率先在雪地上走出条道来，踩实了，有人就会跟着走，越走越实。马拉着爬犁与人共道，越碾越宽。人踩出来的路向来都是共享的，兽也可以占用。在平整的地面行走毕竟省力，多见的是傻狍子和笨狗熊。

　　偶尔会给某人踩出的某条捷径起个名，"张三路""李四路"；如果野猪先踩，就叫"野猪路"。若在不应该有人迹的深山里看到大脚板的足印，会想象会不会是潜伏在山里的特务，会不会是提早出洞的黑瞎子（笨狗熊），一激灵，狂奔下山。

　　在家乡上海，为抄近路也会在收割后的稻田、麦田、棉花地里踩出一条临时的道。自然会以稻、麦、棉花给临时的道起名。有人在一条稻田路上踩到一个硬物，挖出来一看，竟是条黑鱼。可怜的黑鱼，在稻田干涸前没来得及逃离，只好躲在泥中，不料挨不过冬天就让人脚把头皮给踩秃了。"稻田路"就此更名为"黑鱼路"。

　　北国的雪道纵七横八，极少数被冠路名。如果有两人以上在同一条道上见到过黑瞎子，那么这条道极可能会被叫作"黑瞎子路"。雪道上偶尔会见到动物死尸。我就见到过一头幼鹿被其他动物啃得只剩下了头。路名就产生了——"死鹿路"。

　　如此随意给路造名纯属自说自话、自娱自乐，是一同出入的几个伙伴之间的谈笑，既可能过日即忘，也可能会谈笑整整一个冬天。

　　只能说明雪地本无道，走顺了，才成路。一个冬天不知要走出多少条道，然而百分之九十九点九是一次性的，就你一个人曾经走过。在茫茫的大兴安岭里只走一次的路多得数不清，不可能记得住。一点不稀罕，一点不冤枉，路就是这么走出来的。

老牛

套子岛的马都拴在厩里，牛散放。

牛偏不走马路，走牛路。牛路不寻常，人迹罕至。牛喜欢静，它的胃一天到晚在消化过程中，吵闹会打扰其消化。青藏高原的牦牛一个劲地往山上走，最高的已经在了云里，若隐若现，多安静！整个岛是平的，一望无际，只能尽量跑远，沿着岛的边缘走，那里草还多。

落户套子队好久了，我还没见过牛，连牛影子都没看到。牛真会躲！

兄弟队的知青传来振奋人心的消息——他们喝上牛奶了！

我们不是也有很多牛吗，干吗不挤它们的奶？男女知青都这么问……

是的呀，俺们也都想喝牛奶，老乡接着话，比娘们的奶香，娘们的奶腥……

队长整个人像大熊，松鼠样蹲在炕沿上，喇叭烟卷了一支又一支。大家的话全都入了他的耳……是的呀，套子队啥时候有不成的事？他们能把牛奶套出来，俺咋不行？

确实不行。岛上的牛野了性子，身都近不了，哪能让你碰奶？

小猪倌偷偷尝过猪奶，说猪奶也腥。岛上只有他放猪的时候挨近过牛，还摸过牛的奶袋子。队长说，你去挤，挤一桶一天工分。小猪倌说，挤不了，踹一下我就死。

唯一能靠近牛的小猪倌都取不了牛奶，其他人想都别想。

此事没辙。过了些日子，全队人渐渐把喝奶的事淡忘了。

我在岛上待了两年多，一口奶没喝到。因病返沪，干妈为我订了一个月牛奶。医生却叫我别喝，因为牛奶与结核菌有相生之嫌。病好之后，我对牛奶便没了兴趣。

插队落户两年多，我也没吃到过一口牛肉。套子队的牛根本逮不到。这牛养了干吗？

前几年知青们筹款在岛中央地势最高处立了个纪念碑，以示有 59 个上海的学生娃在此战天斗地过。去年，2021 年的 7 月上旬，黑龙江漠河段洪水淹岛，水至纪念碑处竟然就此打住，那些散在岛上的牛不得不全部现身，聚集在纪念碑周围。老马识途，老牛识图。它们这才知道，是这块石头图镇住了水，从而拯救了它们。

老乡将漫水的照片发予了我们，什么都没了，就牛还在。

我不知道得救的牛里最老的有几岁，我想，当年躲着我们的牛肯定都不在了，然而它们一直在繁衍，否则不会仍有那么多。老牛会不会跟后辈谈起刻在碑上的那些人，会不会对小牛说，这些人没有挤过俺们的奶……这件事，老牛传给一代又一代。

土窖子

　　土窖，是地下掏出的一块空间，用于储食物。

　　垂直挖出来的叫"井窖"，横向挖出来的叫"窑窖"。不是非得像田鼠那样打出来的洞才叫窖，在地上刨个坑、挖条沟，覆以秸秆或塑料膜也是窖，面积小点的叫"地窖"，大点的叫"棚窖"。

　　北方土窖主要冬用，蔬菜只有进入窖内才能久保新鲜，不至冻坏。窖储的土豆糖分得以转换，胜过梨。

　　老乡家里家家有窖，都是井窖。

　　在套子岛上安住的只有宫老太太和马倌、猪倌、大厨子，其他有家室的人都把热炕头安在北红大队，搭伙的没多少，所以两个井窖足以储物。知青一来，立马多了五十九张嘴，必须够储数倍的白菜、萝卜和土豆——窖必须扩建。

　　岛中间的南边有一段坡，可以在那挖窖。

　　窖挖多深就有多大，开挖的窖掏多深，带队的老乡说了算。

挖洞耗力，于是就有我。现场指挥的是老蓝头还是老赵头还是……不记得了。洞越挖越深，越挖越怕，怕塌，怕被埋——活埋最恐怖。

老乡说，再挖进去一点就是冻土，结实着呢！

果然，土层变硬，便用火烤，边烤边挖。在上海看了无数遍《地道战》，没想到在北疆的地下挖洞要比冀中艰难得多。累倒还好，烤土的时段足以消除疲劳，熏成黑脸也无所谓，对不住的是俺的肺。我想，我的肺在我十五岁时就已被严重污染。

雪地套兔

雪，妨碍了人类行进，也演绎了特别的乐趣。

一场场冬雪覆盖住其他生灵的印辙，却怎么也淹没不了野兔的足迹。这是一种永不歇停的动物，无论雪有多深，仍会毫无偏差地嗅出行走古道。因为它会一路留下粒粒粪便，旧粪失味，新便即留。

林海雪地，兽足最多的当属兔迹。此物习性奔波，所经之道始终清晰。在此下套，必逮无疑。

到漠河插队的第一年冬天，对什么都充满好奇，得知老乡要去雪地里套野兔便缠着老乡也要一起去。于是和老乡一起去雪地下套。老乡会看雪地上的兔子印，是新印还是旧印，老乡一眼就能辨个八九不离十。

捉兔的套子用细钢丝做成。一头制成比兔头稍大些的活圈，置放兔道，另一头牢牢拴在路边树身。钢丝不能太短，也不能太长。太短，形不成绕圈，容易挣脱，太长，钢丝不紧，

也易松脱，一般总长不超过一米。走顺了，兔失戒心，当头被套住时，下意识往前猛冲，钢丝便随树而绕，绕尽为止，所以被套牢的兔子至死都呈昂首紧贴着树状。

马鹿和狍子行无定路，身高不一，所以不大采用下套捕捉。黑瞎子（黑熊）也有入套的，但这家伙聪明绝顶，不跑不挣，坦然坐定，把套卸下。

冬夜里冷得出奇，套兔子不能大声说话，更不能跺脚，人离套子也不能太远，时间长不去看套子，有可能会被狼或狐狸抢先偷吃掉。半宿下来，手脚都冻麻了。但看到中套的野兔，这点苦也值了。

兴安岭的野兔无法计数，当年就有逮不完的感觉。现今已禁猎，怕是满山遍野都是兔子了吧？

我与马

我属马，但不等于与马就合得来。

马是兴安岭人劳作和出行的工具，日日相伴，人马亲密无间。

草是马的主食，过冬之前必须储足，储很多，多多益善。草割了，先得晾晒，干了，收拢起来堆成草垛。队里有二十多匹马，两米多高的草垛得几十个。

初秋，草已齐腰，气候变得干燥，割草便是当下的要活。大扇刀，是南方镰刀的放大版。刀长一米，刀头尖锐，刀口薄如蝉翼，钝了砂石游几下即锋，刃卷敲平即利，柄长两米，站着——挥臂——扭腰，然后前进一步，重复前面动作，刀过草倒，一排一排地倒，高效。割草人呈梯式排列，不然后面的容易伤到前面的人。

一日，我在前，同学司苏淮（字面看可能是江苏淮阴人）在后。割了半天，我动作迟缓下来，司苏淮也呈现疲劳，眼皮夯拉着。"嗻"一声，刀尖刺入了我的小腿，如戳豆腐。裤洞倒不大，伤口却像小孩嘟起的嘴巴，两面外翻。我倒镇定，司苏淮却慌了手脚："超音，对……不起！"

吃这一刀，得了三天假。能走了，却不利索，便让我赶马车拉草。马极通人性，也会欺负弱者。"大青"和"红鬃"最烈，但也最聪明能干。"大青"是种马，浑身青色雪点，很高大，每回给它戴辔头上马嚼，它会仰头，总够不着，只能凑。"红鬃"是匹母马，毛发红得发亮，同性中最强壮。给马选择搭档，要么一公一母，要么两匹都是母的，不会将两匹公的拴在一起。会斗。驾驭多了，以为摸到马性。

草堆至一层楼高，系牢，爬到堆上，握住缰绳，给两个畜生一马一鞭："驾！""大青"和"红鬃"劲大，一车草能有多重，越跑越快，遇坎也不绕不缓，怎么"吁！"都止不住。绳断了，鞍脱了，草散了一路，两个畜生朝着马厩方向欢奔而去。马并未受惊，怎会突然不听使唤？老马倌说，马服强者，见你腿脚不灵，便产生戏谑之心。我便疑惑，畜牲也懂报复？那这下是加大处罚力度，还是绥靖？"红鬃"从不惹事，绝对是"大青"犯的条款。回到马棚，两个畜生挤在槽边吃着干草。"大青"显然警觉，眼珠瞪得老大，闪着恐光，见我没拿棍子，那"光"才退去。拉缰，拴牢，在槽里撒上一把大颗粒矿盐（马最爱吃），"大青"踌躇着，做出挨打准备，但是耐不住，嘎嘣嘎嘣先嚼上一口。我拍了几下"大青"脑袋，就像跟人说一样，讲了好多道理。马是懂人语的，"大青"更懂，开始甩动尾巴，一副认主的样子。

漠河金魂

漠河之名源自一条河，河在现今的北极村边上，叫老金河，河在一道十多公里长的沟里，所以又称老金沟。

万流聚河，额木尔河却在老金沟这儿岔出一条支流。鄂伦春人狩猎总是沿溪而行，一位老人的马死了，他在河边而葬，伤心之余，忽见河里金苗闪闪，捞泥一看，金末几乎占了一半。消息传开，淘金者纷至。一个叫谢列特金的俄国人带人霸占了老金沟，居然还成立了一个什么国。清廷得知，命李鸿章督办。李大人急命吉林候补知府李金镛处置此事。一百余年前的一天，这位清朝二品大员带领八旗弟子及流放的罪犯穿密林、越高山、涉急流，风尘仆仆赶到了号称"孤悬绝塞"的漠河。谢列特金闻风而逃，屁滚尿流。

1888 年 10 月，李金镛在金冠之顶创办了全国最大的金矿——漠河金矿。

为了安抚矿工、兵勇，李金镛从江南招来数百妓女。妓女天天在老金河里卸妆，胭脂染红了沟流，老金沟因而又称"胭脂沟"。又说，其名是慈禧太后起的，因为漠河的金子都让老佛爷拿去给洋人换了胭脂。

今日，胭脂沟的达子香花依然盛开，白桦林里依稀的坟头下面，也许是矿丁，也许是官吏，也许是妓女。

额木尔河早已洗净了胭红，胭脂沟名却被印迹留存。

伤疤如花

我身上有好几个疤，一个疤一个故事，都是上山下乡时期战天斗地留下的。不起眼的小疤不说了，说不过来。有几处显眼的疤相信谁看到都想知道如何形成，却谁都不问。揭伤疤犯忌。干脆自己说清楚，让人知道些知青往事。

打草

套子岛在黑龙江上游，离源头最多两百公里，积沙而成，条形。下游早已土化，上游是以沙为主的地。沙地长不了庄稼，草却盛。到了秋季，全队割草，垒垛，给马储冬粮。

扇刀，样儿有点像蒙古骑兵的弯刀，分大中小，我用的刀长约七十厘米，一两米的长柄，柄中间有个把。右手攥把，左手稳杆，刀平贴地面，用腰劲递力。刀片轻薄锋利，易钝，不时要用油石打磨。许是站着使刀，故而叫"打草"。大伙儿呈梯形站位，前后保持一定距离，以免误伤。苏淮在我后位，他大概昨晚没睡好，有气无力、瞌睡状。我在磨刀，苏淮并未注意，刀尖像戳豆腐一样刺入我的小腿。他猛醒，连连说对不起。我腿上立马多了一张"小嘴巴"，却无血。正不知所措，亚平跑过来果断用毛巾扎住伤口，赶了辆马车送我回宿舍消毒。大概我还年轻，皮肤性能好，几天就没事了。但因为没有医生，没人替我缝针，"小嘴巴"张到现在。

打场

十二月份的黑龙江，冰层已结一米多厚。履带式拖拉机拽着康拜因脱粒机从江面上隆隆上岛，打场开始。脱粒机靠在一个个麦垛旁，大家尽管将一捆捆麦子叉送到输送带上。零下几十摄氏度，只有不住地动才不会挨冻。我的手套什么时候破了浑然不知，还是一位老乡注意到了，扒下我的手套查看。右手无名指白得像石膏，已毫无知觉。这位老乡用雪拼命给我擦，擦着擦着，指头有了点知觉。大疼三天后才知道没冻坏骨头，如果不及时用雪去擦，我的这个无名指就不在手指头的名下了。这个老乡是谁，我竟然把他给忘了。

冻坏的手指头半个多月后演绎金蝉脱壳，旧指完完整整脱落，出来一个全新的无名指。只是在第一关节处留下一道被我剥坏的疤痕。

我的这个无名指命苦，多灾多难——在工厂时，昏头昏脑空手去抬刚拧好丝牙的车轴，丝牙极其锋利，将我的无名指一下勒出七八道口子。第二次遇难，指节处的横痕变成了竖痕，后痕取代了前痕。

结核杆菌

20 世纪 60 年代末，结核病不再是绝症，江南已经少见。

我失算就失算在插队落户前没将一颗龋牙拔干净。这要怪牙医。这个庸医明知还有一截牙根在里头，却草草了事。

三个月后，与牙医抗争获胜的断牙开始对我强力报复，疼我一阵子后在牙龈上筑成脓包。我不知啥玩意儿，以为挤掉就行。没想到脓包随即又起……我终究没能斗过断牙。岛上无医，因而无药。我开始发烧，颈部出现硬块，不止一个，然后是持续低热。

来了个医疗队，一位老先生一看便说是淋巴结核，服"雷米风"，疗程三个月。但医疗队只给了我一瓶药，走了，再没来过。

许多年之后我才明白，结核杆菌喜寒喜干燥，上海好灭，东北不行。

一个月后没见什么效，药没了。没了就没了，不当回事。

每天摸那几个硬疙瘩，摸啊摸变软了。过程跟牙龈一样，脖颈上也鼓成脓包，然后破了，跟着拱起第二个……真是混！低烧成了常态，只好打针。打一针要跑到八公里地外的大队医务室去打，一来一回，药哪还起得了效？

跑回上海开刀。中西医结合，好了，三道疤在我脖颈上乐呵呵地就此永驻。因为糜烂性伤口不好缝针，只能靠自然愈合，疤的存在合理合法。

疤永久性成了身上最忠诚的伴侣，它不弃，你也拿不掉。它也任你摸任你捏，帮你存着故事，帮你回忆。因为好了之后才形成疤，以前的疼与之无关，没法痛恨疤。

没有一个疤是相同的，所以有关疤的故事也不会相同。疤是人的痛处，对英雄来讲是荣耀，对我来说是幸事，因为祸兮福所倚，从此太平无恙。

余光中说他写作就像打喷嚏，却凭空喷出了彩霞，又像是咳嗽，不得不咳，索性咳成了音乐。听老先生的，我也把伤疤当成了花。

张凤芝其人

小凤芝爱唱歌，是天性。

大兴安岭很安静，一只松鼠拖着大长尾在樟子松的树干上支直了身子，汩汩的黑龙江水打着旋儿，几只鱼鹰凫在水面，好久没动……歌声太好听了！

张奎发听人说关东好，具体哪个地好，并不知道。因为不明前程，就成了闯。这跟清朝时期的闯是两码事，没人拦。相同的是一路往北，哪儿能生存就在哪歇脚。

大草甸子，大兴安岭深处的一块平地，傍黑龙江。能走到此地的人不多，有地可耕，有木可伐，听说这一片山沟还能淘到金子。"五行"天作，可以栖居的地方，没有比这更好的去处。

关里的习俗，媳妇只管生孩，养家是男人的天职。张奎发的妻子连生仨丫头，凤珍、凤荣、凤芝。山里头出了凤凰，高兴的是小伙。姑娘面前，小伙子将马鞭子甩得噼啪响，放大声吆喝畜生："得！——得！——得！——"他们认为这招管用。东北的男人必须出色，女人不会嫁懒汉。

　　樟子松不分雌与雄，

　　骒马照样能驾辕……

张奎发知道，又是哪个小伙嘴跑调，小女儿凤芝用歌怼他们。三个女儿各差一两岁、两三岁，两个大的文静，小女儿芍药花一般白净，杜鹃一样奔放，声音如铃。小伙们存心找怼，就为听那银铃般的声音。

没人时，凤芝也会哼给自己听：

　　樟子松高吆，杜鹃仰头望，

　　马儿壮吆，上了山，

　　拉来木头盖了屋，一堆娃娃炕上跑……

丫头有脑子，唱唱而已。

这儿只有小学，凤芝想早点到山外上中学，好知道山外究竟是啥样。

大草甸子改了名：北红。凤芝喜欢这个名字，北红会红。

刚懂事那年，北红突然来了两百多个上海知青，与这儿的小伙不同，他们特乐观，但也时常哭。凤芝觉得哭哭笑笑的人很有意思。这些叔叔辈分的人身子骨都偏小，但能说会道，讲的尽是闻所未闻的山外事，说上海的楼有二十四层高，说他们坐了四天四夜的火车才到的这儿，坐晕了……天地真大，山外真奇。

飞龙只在林中，江水流向何方。

凤凰能飞多远，我想远飞。

小凤芝有了心思，她在想象城市的模样，想去外面的城市。

村里有几个姐妹看上了上海的小叔叔，凤芝没去凑，她想自己闯出去，不图谁带她出这个山。事实证明凤芝是对的，知青们之后一个个都返了城，北红又归冷清。她认准了一个干活胜过说话的男人，嫁了，一起跑到了大兴安岭行署所在地加格达奇，打拼正式开始。三十年里，凤芝做裁缝，卖蔬果，而后办企业做起了醇基燃料生意。

高高的兴安岭，

一片大森林，

森林里住着勇敢的张凤芝……

张凤芝仍然爱唱歌，在歌声中事业有成了。如今她已是大兴安岭、加格达奇两级工商联执委，政协委员，非公有制企业联合党支部书记。最让她有成就感的是女儿上了大学，儿子获得了博士学位。前年，她拿了打拼得来的钱回到了北红山村，带领大家广办民宿。北红已经红了，民宿火爆。

欢迎你来我家乡，最北的边疆。

原始森林的模样，冰雪的天堂。

盘腿坐在小火炕儿，饭桌摆中央。

烫上一壶小烧酒儿，酸菜炖血肠。

高尔基说："民歌总是亲切地伴着历史，它们有自己的意见。"

张凤芝的意见：一起脱贫致富。

老范

　　老范比我大一岁，但人比我小一圈，看上去倒像我是哥他是弟。睡在一个大炕上时，我十六，他十七。啥时候开始称他老范，又为何那么多同学公认他"老"，谁都说不上来。老范也稀里糊涂地一应应了五十年。现在的老范长眉垂眼，看门的牙齿跑了个精光，倒真成了范老。

　　老范不起眼，任何时候从不打前，熟人生人面前神情会不自然，似腼腆，其实热情似火。老范的反应能力也并不比人慢，慢的是指挥系统换算成语言表达这一段路，要慢好几拍，所以老见他嘴皮好像在动，却久候不语。

　　有几种情况下他会突然发声——他在看书，大家在聊天，聊到某个典故、某个传奇，哪桩事、哪个人，说不上来了，老范会冷不丁填话补白，精准到位，一点即明。再是遇到突发情况，大家失了主意时，老范倒冷静，话都他说，一二三四五，东南西北中……久而久之，老范啥都知、啥都懂、啥都能应变对付的名声得到了众所公认，"老"字因此冠上去的。

塔河伐木，算是到了热闹地，看场电影，人挤人。老范觉得有只手探进了他的口袋……是贼！老范悄悄说，说给后面听"没什么东西，没什么东西……"

边说边将那只手一点点往外拉，电影照看。

回来了，说了这事，老范偷偷地乐。他成功化解了一场危机。我问，你干吗不喊？他说，我连头都没回，若照面，再惊咋，指不定刀就捅了我。哎呀！谁能有老范这定力和胆识？众愈加服。

额木尔河流经二十七站大桥。大兴安岭就这一条南北要道，所有的桥都是要冲，有人守着。一两人不行，只能叫看，三四人以上，配枪站岗，那才叫守。老范轮到过一回，他站岗，人枪一齐高。上游下来两个物体，一大一小，在浮动。紧急情况，老范反应又快了，大叫：

"犴！犴呀！……"

犴是什么东西？犴可指两种动物，读"岸"，是一种野狗，读"悍"，那就是驼鹿。老范发现的是"悍"。

渔梁子挡住了犴的去路，大犴上了岸，小犴的腿受了伤，顺流漂游还可以，横渡犯了难。老范一跃而上，竟落到小犴的背上，够不着犴头，于是揪住了犴背上的皮。老范忽然的勇敢之举谁都预料不到。犴逮住了，肉吃上了，一屋子欢天喜地。有人问不声不响的老范，想什么呢？老范问，可知道犴身上哪部分最上品？这都知道，犴鼻子。老范嚼着，品着，说，不如猪拱。

老范之后又去当了好几年猪倌，直至返沪，他喜欢这份工作，因为猪吃完了就睡。他喜欢静，好一门心思看书，顺顺当当想事。他的独立性非常强。

老范返沪后去了信用社，干信贷。他夸自己：业务可以。信贷员自由，于是他常去泡图书馆。他阅过多少书，他自己也说不清。但1986—1987年我在《上海消防》上连载的文章他说他也读过。这么冷门的刊物他都看，还有什么他不看的呢？

老范全名叫范宁建。宁静方能让人有所建树。

老羊

　　十六岁的孩子是否还在发育中，看吃相，若是不识饥饱、一副猴相便是还在长。

　　杨利民在我们这批上海插兄中个儿不算矮，其他人一顿吃两个馒头，四两一个，八两，他不少一两。其他人觉得没吃饱，他也觉得自己的胃还有很大空间。可是几个原先与他齐头并进的同学噌噌噌地长高了，他依旧只有这么高。这是咋回事？

　　生长基因是人的密码，杨利民当然没法解出长势不如人的答案。不过，他意外发现自己的记性特别好，中苏边境这旮旯的关东话掺杂着不少俄语词汇，只要老乡说过，他就记住了，不仅记住了词儿还记住腔。队长刚说了一席话自己忘了，回头问杨利民：我刚才说了什么？杨利民能一一复原。队里一二十匹马各有其名：青龙驹、小银鬃、青儿马、红儿马、白鼻梁、小臊孩、矮郎兵、大种马、大青可……其他知青们只能叫出三五匹，只有他能一一对上号。杨利民顿悟——人家长个，我长脑。

果真是天照应！

因为个头小，杨利民老被安排去干轻便活，打场、打草、伐木、修路等累活全由我等大个顶。又因为机灵，队长让他跟人去学木匠，自在还学了手艺。反正，跟其他人相比，他干的全是玩儿的活，馒头一个没少吃。如此自在，却没人顶脚。人勤不讨嫌。谁支他都必应，不支他也会主动去干讨人喜欢的事。他有剃刀，我的头他包揽。当然，小技术活他干得确实也不赖。

一晃十年，知青们另投他乡的另投他乡，返沪的返沪，跑了个净。

当地有个姑娘相中了杨利民，天天照面，把女人的气息从早弥漫到晚，孤身男人不可能忍得住。杨利民克制着。姑娘一把抢走男人的裤衩——裤衩都替你洗了，总明白了吧。杨利民却强忍着。

有人开始称呼他老杨。他说，就牛羊的"羊"吧，咩咩咩……全队人一致认为他是乖乖羊，是很顾人的羊。姑娘想说，你这公羊怎不知我这个母羊心？终究没说出口。

杨利民怎会不知这个母羊的小心思。只是不想被永久拴在此地，得赶紧转地。他知道自己最后的草场在上海，羊圈在浦东。

老马

　　队里的传奇"五保户"宫老太太不让老宫头进屋里，老宫头只好卷上铺盖睡马厩。老太太爱干净，脚上不沾灰，指甲不存泥，发髻光亮。老头儿再邋遢不过了，门襟似乎能刮出油，拭了一冬鼻涕的袖口硬成了纸板壳，胡子拉碴。宫老太太说受不了老宫头身上的味，说，你咋越老越埋汰了呢！责备如针毡，老宫头受不了宫老太太的气，铺盖一卷，说，俺就走了，俺去跟马一起过。

　　老宫头本就爱马，老太太的逐客令等于将他推向马，从此更爱马。

　　所有的马都拴着，只有一匹老态龙钟的老马毫无羁绊，可以四处溜达。它是队上最老的马，十五岁之前是驰骋疆场的战争利器，一次摔倒撕裂了韧带，就此费了武功。马腿一旦受损不可能恢复如初，因而失去了原有的价值，何况还是一匹战马，只有一死。地方上有人拿牛换，让部队枪下留马，马因此

改名：枪留子。从战场退伍的枪留子被套子队收养，速度没了，拉板车没问题，关键这是一匹最能听懂人话的马。枪留子一天到晚找老宫头，找着了努力抬头，老眼对老眼。有时翘起上唇发出噗噗声，老宫头便马上端水让马喝。马喝完甩甩头，来了点精神。老宫头逢人便说：这是匹战马！

老宫头老了，步履蹒跚。枪留子老得更快，身子常打晃。与人相比，马一岁等于人十二岁，随后每增长一年大约等于人类三年。我刚到套子岛插队时首先认识枪留子，因为它整天从我们宿舍门口垂着脑袋来回走。如果将马算成人的年龄，枪留子恐怕要一百多岁了。马老即瘦，一瘦就显得脑袋特别大。老宫头见知青们用鄙夷的眼神看枪留子，说，别看它现在没了气力，它是战马，最好的战马，可懂人话哩！老宫头显然动了感情。知青们发现老人浑浊的眼里有泪光在闪动。可我们怎么看枪留子，它也不像是一匹战马。

老栾头和飞龙鸟

　　我吃过龙肉，是老栾头领着杨利民进山打猎带回来的飞龙鸟，杨利民煮了一只，让我尝了几口，着实非同一般。老栾头说，乾隆爷冠的名——"天上龙肉"。

　　老栾头又瘦又矮，体力活不行，狩猎、淘金却在行，被视为生产队里的匠人。杨利民是我们这些知青中最机灵的，老栾头喜欢，就点名要了这个年轻人。

　　吃着说着，我问，进山这么多天你们就逮这么些？杨利民说，大家伙背不动，留在山里冻着，下回赶爬犁去拉，他俩就提着一杆小口径步枪，小家伙拿枪打，大家伙用套子套。松鼠要打头，这张皮就能卖几块钱，打身上，皮就废了。打飞龙也得瞅准了打，打头打颈打腿打翅，打肚子死不了，小家伙胸脯肉厚，中了弹仍能连奔带飞，撵不上。獐狍鹿兔全用套子，这些家伙走惯道，用钢丝做成的活套下在留有新鲜粪便的雪道上，一套一个准。黑瞎子也会误入，但这个大家伙看上去笨

拙，却冷静，坐下，能自我卸套。

老栾头不爱说话，听说这个人历史上有过问题。我们不管，看表现。只要你老栾头不戏耍知青，大家就不为难他。何况老栾头能给大家弄来吃的，他地窖里的土豆是红皮的，可生吃，脆甜脆甜。老栾头是个八仙，样样会摆弄，且博古通今。

吃着飞龙汤，老栾头说这是"岁贡鸟"，八禽之一，万岁爷爱吃，所以乾隆年间便成为进献给朝廷的贡品。慈禧自从喝了飞龙汤，水都不喝了，汤当水。

我查了《黑龙江外记》，里面记载："岁贡鸟名飞龙者，斐耶楞古之转音也，形似雌雉，脚小有毛，肉味与雉同，汤尤鲜美，然较雉难得，多在深林密薮，故汉名树鸡。"民国九年《瑷珲县志》记载："瑷珲副都统每年例贡三次'十月进鲜，十一月年礼，十二月春鱼'，进鲜贡含飞龙五十只，年礼贡含飞龙一百只，春鱼贡含飞龙四十只。"

这说明老栾头的解说基本没错。

飞龙当然不是龙，只是满语"斐耶楞古"之转音。

有个传说，飞龙鸟曾是一种给人们带来灾难的庞然大物——满盖鸟，故而又被称"魔鸟"。魔鸟起飞时强烈的旋风不仅让山平树拔，而且河流干涸，鸟兽绝迹。岭上的鄂伦春人活不下去了，挑选了十名莫日根（英雄）去跟魔鸟决一死战，结果有去无归。人们于是跪在山坡上，虔诚地向山神恩都立祈祷。恩都立被感动，施法擒了魔鸟，将其切成了碎块。碎块便成了现在小巧玲珑的飞龙鸟。

又说，李金镛当年在漠河建办金矿时吃到了飞龙，一喝那汤，拍案叫绝。后来袁大化接任漠河矿务总办，将飞龙鸟作为贡品连同金子一同贡献给慈禧太后，慈禧太后凤颜大悦，重重嘉奖了袁大化。从此，飞龙鸟就成了年年必上的贡品，扬名大江南北。

由于人为过度捕猎，以及生态遭受破坏等因素，野生飞龙鸟数量一度十分稀少，被列为国家二级保护动物，禁止捕杀。如今，通过人们共同努力，飞龙鸟的种群数量逐渐趋于稳定。

与龙哥归塄

臧龙龙比我高两届，在黑龙江插队落户那时已发育成熟，加上常耍弄两个铁疙瘩，膀粗背壮，为人又慷慨，俨然兄长，大伙都唤他龙哥。

大部分插兄插妹离开黑龙江后各奔东西，不曾碰头。我与龙哥没间断过来往，常一起唠嗑，插队生涯是必然话题。

黑龙江四季都有活，队上给活看模子（身形）。龙哥肯定去干最重的活。我那时十六岁未到，但骨架已提前发育，偏高，便常被唤去与龙哥搭档。

最重的活当数归塄（扛木头）。伐倒的树被锯成段，六七米或十多米长，粗的一头一两人抱不过来，一般都有两三千斤重。"塄"即"坡"；"归"是个动词，这儿解释为"归拢"的意思。"归塄"就是将一段段木头堆放一处。往上堆，成坡，就得搁上跳板，踩着跳板往上抬。堆得越高，跳板的倾角随之越大。一段木头根据长短粗细，有时四个人扛，有时八个人

扛，两个人一根杠棒，四人一组扛一头。杠中间吊一对铁制的
掐钩。起身，掐钩抱牢木头，放下，掐钩会松脱。抬步时必须
同时用力，步调一致。只要一人不协调，其他人受力不均会跟
着失去平衡，所以作业时必须喊劳动号子："嘿嗨嗨，嘿嗨嗨，
向前走哇！嗨嗨，向前走；迈大步哇！嗨嗨，迈大步；使足劲
呀！嗨嗨，使足劲；嘿嗨嗨……"

领头的，也叫领号的，负责喊第一句，另一人随着他复叫
一声，剩下的人随号子尾句重喊。

虽然不过是重复几句"嘿嗨嗨……"（间或也夹杂一些脏
话），但在重压下发出的深沉、不屈、凄美的号子，宛如撞心
的男声多重唱，在大兴安岭震荡不绝。这是一种独特的声音，
因为里面有着还未完全变声的孩子的声音。任何一个歌唱家模
仿不了，因为不可能扛着重物演唱。

我应该可以长到 1.8 米的，理由是弟弟身高 1.8 米，因为
发育过程太多负重，我到底只有 1.76 米。

龙哥常与我搭档，会将套绳往他那挪一两厘米，他那压重
就多一两分。我懂的，不然，我 1.76 米都到不了。

与龙哥相聚时常说往事，但不回忆"号子"，太伤感了，
唱了必哭。岁数大了，回忆不快的往事可不好啊。

花朦胧

整个冬季，大兴安岭山朦胧树朦胧。

立夏，野山的杜鹃花最是妖艳动人。最后的雪好像就等着这一刻，纷纷扬扬，铺天盖地，这一来，意外造就了独特的朦胧美，虽然短暂，却令人难以忘怀。

花不分雌雄，你绽我放。

大城市来的知青都还没到情窦初开的年纪，少男少女不知情为何物，花和叶虽同株却不沾。

秋华和几个女生在马厩看到了奇象，一阵惊呼："老乡老乡，大青马的肠子跑出来了！"大青马是队上最高大的种马，一身青花。高大的东西总是先被关注。听到此话的二郭一愣，随即仰笑不止。他明白上海来的这些女孩儿是真不懂，不过注意到了那个最先叫唤的女知青，不能说爱，是喜欢。等这个朦胧少女明白男女那些事了再说，他想好了，日后这个女知青的事就是他的事。

未成家的东北女孩行事风火，不讲究分寸。队长的女儿秀琴常来岛上，与一起长大的小伙们遇着就嬉笑打闹，被摁在地上仍挥手蹬腿。她比知青都大，于是俨然成为知青们的姐。姐有姐样，说有事就同她说，她会出头。秀琴嫁给了副队长小康后，由武变文，两人后来安家呼玛县城，花开果结。

三五年后，女知青们基本都已含苞待放，被老乡呵护最多的三个早熟女花落当地。二郭迎娶了秋华，皇天真的没负有心人！

比秀琴小一拨的女孩眼见一个个上海姐姐不是走了就是嫁了，上海的小哥哥们也离开了不少，留下的全都还是孤身。大哥可以娶上海姐姐，我为什么不能嫁上海小哥哥？女孩心大，她们认为只要花开意中人面前，他就会摘。于是一个个花黏人。可是错了，小哥哥虽然喜欢她们，但就不碰，挨上去反而避，这是怎么回事？她们听小哥哥们喊过"扎根边疆，扎根边疆……"怎么就不肯真正扎根呢？

大妹子花开得最盛，把意中人的裤衩都拿去洗了，但不见回应，心里寻思这哥为啥不摁倒我呢？二妹子把衣扣都解了，意中人非但不下手，反而跑了。三妹子凤芝五十年后流露，她当年也相中过一个小哥，因为他干净，而她就喜欢干净，但她见姐姐们都不成，始终不敢付诸行动。清晰的爱都收了回去，朦胧的爱就不会造次。

百合花比杜鹃开得还早，顶着冰霜照开不误，朦胧，经冻。

山朦胧树朦胧/白山沐春风/雪朦胧花朦胧/化时更艳红/思朦胧念朦胧/细数几场梦/月朦胧岁朦胧/不拒再相逢

宫老太太

宫老太太是我们生产队里唯一的"五保户"，就是农村中既无劳动能力，又无经济来源的老、弱、孤、残的农民，其生活由集体供养，实行保吃、保穿、保住、保医、保葬。

宫老太太五十出头六十不到，又瘦又小，是个袖珍型的老太太。这是个爱干净的老人，一样的黑棉袄，所有人都拿袖口抹嘴净指，她总带个手绢，而且总洗，衣袖上不会有一点污渍。她的头发全都还是黑的，发髻一丝不乱。让人觉得最干净的是老人的眼睛，明明亮亮的。

宫老太太有老伴，但这个老伴徒有虚名。老宫头是老马倌，邋里邋遢，从头埋汰到脚。宫老太太不让老宫头进屋，老宫头就只得住在马厩里。宫老太太脸上老挂着笑容，老宫头成天苦着个脸。宫老太太享五保，老宫头没得享，不知咋回事。

宫老太太一天出屋三次，早上、中午、傍晚，在食堂里看知青们边吃边闹。老人此时的眼睛会发光，嘴里念叨："年轻真好!"大家都出工去了，老人回屋。窗户很小，屋很暗，老人上炕盘腿想事，一动不动。往事一来，就会起泪，老人的泪从未示过人。

队长是宫老太太的干儿子。这个干亲是怎么认的，知青们不知，老乡们也不太明白，是个谜。队长老去老太太那里，带点獐狍肉，煮好，就在老人屋子里喝酒。干儿子跟干娘聊些什么，外人不知，也没法猜。

老人喜欢知青上她那坐坐，知青们也愿去，去了常有肉吃。看年轻人吃肉的样子，老人会拍腿笑。除了肉，有其他吃的也不吝啬，这让大家都觉得老太太是一个心地很好的人。

老蓝头六十多岁了，背有些佝偻，却从不生病。他以前在金矿干过，活计最好。他收了知青杨利民为徒，教其淘金、狩猎、挖窖洞以及木匠活。有天，杨利民半夜将我叫起吃肉，说是跟老蓝头上山打的松鼠。我头一回尝，觉得松鼠肉非常嫩。

宫老太太一早起来找猫，唤了半天不见影，却在仓库角落里找到了猫皮，于是开骂："是哪个滚犊子的杀死了我的猫！别以为我不知道，知青上不了手，就你能耐，等着削，让你蹲笆篱子……"

我发觉事有蹊跷，一向爱看热闹的杨利民怎么没现身？进屋刚想问，他却让我别吱声，说是他所为，是老蓝头指使他干的，随后告诉我一个天大的秘密……宫老太太也是从金矿那边来的，是风月场里的女子。老蓝头常去，他们早就相熟。老蓝头为何要让杨利民刺激宫老太太？却不说。

我这才明白昨晚吃的不是松鼠肉，是猫肉。

知我要回上海了，宫老太太让我去下她那里。她在土灶上摸到一只碗，里头是煤一样发亮的碎屑，说听我讲过妹妹有心脏病，就想方设法弄来了这点鹿心血。是不是鹿心血很好鉴定，烘干后的血粒儿发亮就没错。曾有人服了两三只鹿心的血后，心脏病好了。

前年重回故地问到宫老太太，他们说是已经走了，再问哪年去世的，老乡没一个说得上来，连落葬之处也无人知晓。

江轮

茫茫林海，兽道漫山遍野，马路却只有一条，还是人们在古驿道的旧基上修筑而成，很差劲，根本不经压，所以夏天基本闲着，只有等冬季来临，冻结实了，汽车才敢上路。

夏季要运点什么怎么办？走水路。

有船往返呼玛—漠河。带楼的是客轮，停靠北红。江水太浅，船虽是平底，仍不能近岸。最北的村子无像样的码头，跳板上下。

中苏交恶时，若不是在江边干活，一般不近水域。我下过两次水，凉得不敢扎猛子，也不敢游远，万一越界，说不清。江上很少见到船，更无民船。快艇全都莽莽撞撞，劈浪驶过，惊飞鱼鹰。离岸太远，艇又飞快，看不清是对方的还是我们的。带楼的客轮半月过往一次，但我不是每次正好看到。从黄浦江边来的人见多巨轮，但这里的江轮还是让人目瞪口呆……船像从十八世纪开过来的，它的动力来自尾部的明轮——一个

滚动的大水车，那么大条船就靠蹼的推力轰隆隆行进，水花四溅，奋力无比。

我脖子上的溃疡很久了，结核菌已攻占了我颈部两个淋巴，正在向第三、第四个淋巴蔓延。上海干部老华让我到漠河去医治，他让干部老孙在漠河接应，那边有个郎中，专用膏药治病。

我登上了顶水而上的江轮，应该是为就医有着落而高兴，兴奋点却是怪轮。整整一天我一直在船尾待着，任凭水花溅到身上。船上也有初次乘这种船的人，东聊西问，凑成结论——这段江浅，大船容易触底，用明轮作推力才不会搁浅。十年后，《尼罗河上的惨案》上映，案子就是在一模一样的船上发生的，说明尼罗河的水也不深。

这几年与同学、与友先后去了漠河两次，都在夏季，注意到了江上，靠蹼划水的轮船影儿没有，或许早已退出航运。全新的公路，任何季节都能载重，出行再也不会乘船，因为嫌慢。

冬天的惊喜

　　上海飘了几粒雪，一分钟的事，引来阵阵呼叫，媒体也跟着报道：今天下雪了。我在笑，我想东北人要是知道了更会笑。

　　怎样才算下雪？气象测量员会用桶去接雪，这个桶是标准容器，将采集到的雪融化后再用水量杯以毫米为单位得出雪量，也可将采集的雪称重换算。如果要测一天的雪量，大兴安岭的那个桶得大点，上海用最小的容器即可。

　　大兴安岭没有娇滴滴、做作的雪，人与自然一个性格，通透做人，痛快下雪，一下一整天或者一整晚，埋路堵门是必然的，然后放你几个晴。

　　雪后有事做，场所不是山上就是江上，不是伐木就是狩猎，可以忙一冬。我们去江上敲洞下个网是玩儿，赫哲人以此为生。雪后，爬犁的优势来了，全靠这玩意儿东奔西走，上山下山，拖拉装载，不耗油，就耗点草。"得儿，得儿！"赶爬犁的人个个生龙活虎，耀武扬威。冬天就是好，爬犁是个宝！

　　山上，遍布兽足，雪让兽无处遁形。野兔最多，雪后脱灰换白，更名：雪兔。数兔最忙，一兔一专道，一天要打数个来回。下套，一逮一个准。飞龙喜欢雪藏，无耐性，稍有动静就扑棱棱惊飞，然而脯肉太厚，翅力不支，所以连飞带扑，成最好打的鸟。松鼠是林中精灵，树间能滑翔，比猴活跃。但精灵也有弱项，腿小且短，逼它下树，到了雪地就跑不快了。熊在冬眠，威尽失，容易被人猎……这样的趣事以后听人讲讲算了，兽命已贵，惹兽必究。

　　玩些其他的吧！冰雪活动多的是，冬泳敢不敢？"光猪跑"已成为一项运动。把一壶热水泼向空中，呈打开的冰珠扇，又像拖尾彗星，不是谁都行，搞不好泼自己一头。有工匠下江凿冰，垒成冰屋，铺床，亮灯，竟可入住。有专业人士来此表演，女子为多，简衣出场，在一根杆上秀姿，可见女性实际上比男性经冻。

　　冻感不一定要试，什么什么炖倒是必须要尝的。东北人爱用铁锅炖煮食物，首推大锅炖，一锅肉，围一圈饼，蒸汽缭绕，炖得热烈，尤在冬天，炖出一屋欢笑。

　　北国的冬日外冷内热，照样可汗，比南国酣畅痛快。

森林里的花

离开漠河，大巴开始向西偏南方向行进，进入内蒙古界。

放眼，树林渐稀，山地趋缓，形成大兴安岭向呼伦贝尔大草原奇幻般过渡。我们此行的回访渐成纯游，那种对故地的激情随之淡去。

漠河最后一夜，有人失眠，三位同学的眼皮清晨少了张力，一眼看出。

三个上岁数的漠河女六点就守候在宾馆门口，她们穿得很厚——正夏，漠河的早夜却很冷。她们眼红红的，情真意切。有人动容地"啊！"了一声，"是她们吗？"好酸人的一幕。她们穿了最靓丽的衣裳，脸却凝沉，全无昨日同餐时的灿烂。她们来告别，再看某位一眼。

三位女子在五十年前情窦花开，心里有了人，是同龄的知青。也许有过恋情，也许只是单思，种种原因没能牵手成功，却铭心至今。三位同学即显不忍，又上去分别说了许多。我们

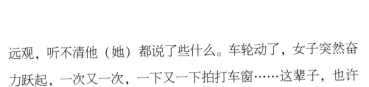

远观，听不清他（她）都说了些什么。车轮动了，女子突然奋力跃起，一次又一次，一下又一下拍打车窗……这辈子，也许最后一面。全车人静默，只是挥手。

古老的大兴安岭美丽如初。女子容颜已陈，其心仍如苞蕾绽放。坡上、江边、林中留住了当年的青春气息，甚至能隐隐听得只有俩人才懂的呢喃细语……那么多故事总会戛然而止，许多情节不得不忽略。"不是说扎根边疆的吗？都走了。"当年她们曾这么怨过，如今视作美丽回忆。天没有撮合。女子属于大兴安岭，小伙子得回归海边。

鹿头

出工很早，地上还有晨露。今天由赵泽堂带队，去收割燕麦。燕麦是给马吃的精饲料，每颗麦粒芒尖成叉，形同燕尾。燕麦低糖、高能，马吃了特来劲。只因燕麦不易脱皮（20世纪60年代尚未有脱燕麦皮工艺），人不食。

赵泽堂是闯关东来到黑龙江的，也属外来，金牙，齿间有缝，爱说笑，不像其他老乡那么一本正经。知青们爱同老赵结伴。

燕麦地离住处有三四里路，走啊走的，十几人的队伍渐渐就拉开了距离。

路中间有一堆血淋淋的东西，脏得发黑，第一个走过的吓了一跳，第二个、第三个……都绕了过去，有个胆大的，一脚踢飞了那堆脏物。

"看我捡到了啥？"走最后的赵泽堂忽地叫了起来，一副兴奋样，他手里拎着那个人人厌之的东西。走前头的都返身围了

上去，看清了，原来是个幼鹿的头。估计是遭袭被其他动物啃剩下来。

鹿身上最值钱的东西都在头上，一对鹿茸才拇指大。东北三宝，最珍贵的是鹿眼囊里面的眼屎，说是抠那么一点搁嘴里，什么疼痛都能治，尤其女人生孩子时，吃了就跟下蛋一样简单。

大家都没心思认真干活。这个说："是我第一个发现的……"一脸懊丧。那个说："怎让赵泽堂捡这个便宜?"那个踢飞宝贝的更是悔青肠子，脸色难看。唯独赵泽堂乐了一天。

赵泽堂没有与大家分享鹿头，独吞了。

从此，知青们对老赵的印象再也没有好过。

回家

生产队的男劳力大多去了十八站伐木场，马也带走了大半，套子岛因此显得冷冷清清。

天上不知有多少雪，飘个不停……每天在降温，差不多已有零下五十度了。

张队长没去林场，作为一岛之主，他从不挪窝。会来几句高调梆子的老赵头经常唱——如来佛祖坐在金莲台上，谁见他站起来过？

炕头上，张队长一个劲地抽着自卷烟，把自个呛得咳个不住，我都替他胸骨疼……再过个把月要过年了，年年这个时候大多数人外出搞副业，那么多人在外过年，让他好生惦记。

眼下，让他闹心的是我。大概他考虑好多天了，终于对我说："这么病痨下去可咋整呢？还是回上海去治治吧。"

我右脖子上第三个淋巴结也开始长溃疡，成天低烧。五劳七伤，我这番样子啥都干不了，耽搁下去或许会出大事。

张队长让会计老高头预支我 80 元和 5 斤全国粮票，说明日雪住，叫个爬犁拉你到 16 公里岔道口，能拦到什么车看你运气了。

火车站在塔河，来时车在林海雪原里扭扭歪歪跑了两天。

就这么去岔道口，能不能拦到车？拦到什么车？一切茫然。可是，不这样，又能怎样？

第二天正准备上路，陆卫庆提溜着一个拎包异常兴奋地说跟我一起回沪。后来才知，是队长怕我一个人撂在路上，让他作陪。

陆卫庆的胆大已经出了名——夏天他被派去修路，结果自说自话解了一条船在茫茫的大兴安岭里漂流了六天，他自己也认为死定了，结果飘到二十七站大桥让人发现给救上了岸。胆大的人妄为，队长怕他再妄为，所以外出伐木没让他去。不过妄为的人永远胆大，办法多，有这么一个勇敢的人陪着我一同回上海倒也可以让人放心。

岔道口是乡道与省道交界处，爬犁扔下我俩就回去了。与陆卫庆在道口傻等了一会，来了辆卡车，卷着一团雪雾从漠河方向奔驰而来。马上挥手，车停了。一听说搭车，司机便说这哪成，前面坐不下，后面载着货，坐上面？非冻死不可！可没等司机说完，我与陆卫庆已爬了上去。开了一段路，车又停下，司机扔上来两件羊皮袄，"裹紧啦，不然冻死！"走了一会儿，司机又下来，吆喝几声，听到回音了，嘀咕道："冻不死的上海娃！"

羊皮袄子到底御寒，塔河下车我俩一点没事。司机见状像乐又像骂："奶奶个熊，老子今个胜造十四级浮屠！"

四十多块钱买了票上了火车，如同一只脚已经踏在了上海——没这么简单，火车到齐齐哈尔就到底了。站内蜷缩了一夜，换车，至天津又到底了。这次要等十几个小时。我在火车站外的空地上一坐下一丝力气都没了。陆卫庆见我人虚得不行，先买来一笼狗不理包子让我吃，然后一个人去找旅馆，安顿好了我，说要出去喝口酒。

在天津站拍了个电报给父母，忘说在哪，只说"我在返沪途中"。父亲因此在上海老北站候了两天两夜，不漏一趟来自北方的火车。

在站台上，我远远看到了父亲，刚喊一声"爸爸"就哽住了，而父亲整个人激动得在颤抖。

重回先锋岛

六月，芍药含苞待放，遍布小岛。

"知青在小岛在，知青走小岛荒。"老乡说。他们都已是七八十岁的老人，上不了岛。小辈们不愿把心思用在种地上，说种下去的土豆都让黑瞎子刨了，而且黑家伙能给你吃得一点不剩。土质变差，麦子种下一粒收不上几粒。芍药很卖钱，时常有人骑着摩托车上岛偷挖，弄得一塌糊涂。要是知青在就不会发生这种情况。要不是国家每亩贴 200 元，真没人会下地。是呀，不种吃什么？

后人建了座桥，但大巴仍上不去。老人们叫来了六七辆小车，将我们二十多人一起带上岛。还是坐不下，老人们在货车后面放了板凳，挺直腰板迎风而坐。一直没自己队的知青来探，而其他队早有来过，他们抑郁过。今日他们也得浩荡一次，亮脸一下。

知青们当年的住处淹没在杂草丛中，几根朽木确认了几处位置。老乡二焦指着一个塌陷的凹洞说："这就是岛上唯一的井。"人人都担过水，都能忆起担水情景。

然后驶往岛头，一片绿毯，百花烂漫。青翠的摩天岭，是岛的背景。"山名是知青起的"，将近八十的陈金海说，"前几年有人在这放羊，啃光了草。赶走了，才又绿。"这儿真美，天堂般美！当年怎没觉得？家眷也说，你们原来插队在这么美的地方。

先把井口砌起来，安个架，竖个牌，再在旁搞个碑，祭奠我们的青春。饮水得思源。委托老乡办此事，费用知青来。哪日安好了，我们再来，然后讨论下步规划。这是宝岛，是北红村先锋队，也叫先锋岛。美丽先锋，我们也有责任。这应该（能够）成为漠河的旅游热点。

这次是探亲，是圆梦，我们走后芍药花会映红小岛。

路过十八站

这一年伐木的地方是十八站，我没去，黄晨去了。

归楞（将木头堆在一起）和拉大锯都得找合适的搭档，我与黄晨尚凑合。干这两样活时，矮的人吃亏，杠子上的重量、大锯来回时的重力都往低的一边去。两人若好说话，杠绳往高的那边去点，拉锯时高的人蹲低点，能匀力。

我得了淋巴结核，脖子上的淋巴已经化脓，日日低烧，浑身无力。黄晨长得太高了，我算高的，比他还矮一小截，我不去，还有谁能跟他搭档？

张队长让我回上海治疗。他让会计老高头赊给我5斤全国粮票、80元钱，又弄个爬犁把我拉到了省道，让我自己去拦车。队上就这点能耐，队长算是仁至义尽。漫天大雪，体力不支，让人绝望。总算等来了一辆卡车，装满了货。没法载人。司机不忍我孤零零冻死在路上，扔给我一件皮大袄，让我裹紧了掩在货堆里。

　　车经过十八站，千恩万谢后下了车，找到了队上的人。黄晨扭了脚在工棚里歇着，他连忙写信叫我带回上海。他是个永远乐呵的人，脸上从不见愁。

　　回到上海没几日，黄晨的哥哥忽然神色慌张地跑来我家，说黄晨死了，被大树压死的，他明日就赶去黑龙江，向我借那一身棉衣裤，还有那顶兔皮帽。

　　黄晨跟一个外号叫"黄鼠狼"的老乡搭档伐树，树倒时忽然刮来一阵山风，眼见往前倒去的树猛然转向，两人躲闪不及都被压在树下。"黄鼠狼"哇哇大叫，引来众人。大家一看，完了，黄晨曲着身子，大树压在他背上。黄晨这边垫高了，老乡那边没压实，留了另一个人的命。

　　"黄鼠狼"从此打死不伐树。

　　黄晨就地安葬，他的墓地确切在哪，现已无人知晓。

草语果香

　　夏末秋初的大兴安岭最美，美的是植物，美得醉人。这个时候，绿的底色上出现了更多的色彩，雪白、殷红、嫩黄。那些深色也极好看，紫的夺目、黑的纯正。白的是韭花，红的是雅格达（北方红豆），黄的是野百合，紫的是都柿（一种古老的浆果），黑的是稠李子（一种长在树上的果子）。

　　这儿的土真肥，啥都见长、见大。

　　野地里，最多的是韭菜，大片大片，春始绿的心爽，秋始白的眼花。走入韭菜丛中，人只露出上半截（韭菜都有一米高）。韭花大如巴掌，白茫茫覆盖了一切，云走一般。信手摘一朵塞入嘴里，稍微有点辣舌，续嚼，满嘴清爽。干脆撸一把塞入口中，一会儿肚子咕噜几下，想吃整羊。所以，韭花给我的感觉就是增进食欲。

　　五代杨凝式的《韭花帖》中是这么赞誉韭菜花的："当一叶报秋之初，乃韭花逞味之始。"杨凝式头一回尝吃韭花，胃口大开，一高兴，当即给送者写了封谢折。写时，杨凝式并未在意，哪知后来《韭花帖》竟同王羲之《兰亭序》、颜真卿《祭侄季明文稿》、苏轼《黄州寒食诗帖》、王绚《佰远帖》并称为"天下五大行书"，成为传世之宝。

我有几个好友喜欢挥毫，想让他们提笔前也嘬些韭花试试。

雅格达和都柿长在山里，遍布林地，人爱吃，兽也特别喜好。边采边吃，会有越采果越多感觉，会忘乎所以。曾有过人、熊相遇事例，人吓遁，熊贯注食果，若无其事。我没碰到熊，却迷过路。采野果会着迷（其实是贪心），采得兴起，竟忘了太阳正在下山，失了方向。慌了一阵，猛想到水往低处流，顺溪而下，走了出来。

黄花之下，百合已果，但糖分还未转化，清淡且苦，待春时犁地，翻出百合麟茎，挑体整个大的当即生吃。土里埋了一冬，麟茎含足糖分，脆而甜。百合是润肺的。

稠李子树多见河边，呈黑色的果粒垂满树枝，十分诱人。越吃越想吃，会上瘾。讨人嫌的是吃了满嘴黑色，尤其舌苔上的黑，一周都刷不掉。吃过稠李子，用指甲划臂膀，皮肤会出现一道道白色，那是微毒的表现。开过同学玩笑，把个食多了稠李子的伙伴吓得不轻。其实，无碍身体。

现在，漠河、黑河等地都有食品加工企业，这些被视为东北珍宝的草果如今已制成各式特产，广受欢迎，赞誉不绝。

冬雪

今天笑了好多次，是心里头在笑，所以旁人不知。

降温了，说有雪，于是很多人老看天，好率先报道逗人的飘物。老天不负有心人，总算夹在雨中零零星星飘那么几粒不怎么白的雪。有心人早做好准备，雪一落到袖口上，马上拍摄取证。动作慢的，待拍时那粒雪已化没了。不愧为记者，撰文说落的是"头皮雪"。

少见多怪，故而咋咋呼呼。

我止住了笑——我对冰雪不过敏，不过只要一谈起冰和雪，我的记忆库便会自动搜索冰天雪地的场景。

"北风那个吹，雪花儿那个飘……"

爹爹要回来了，喜儿高兴，她唱的那个"北风""雪花"并无寒意。

我在大兴安岭插队落户那会儿见雪就心怵。雪大风大，最冷下雪天。冷的是风，凑热闹的是雪。雪不是一下落到地上，而是随风飘舞，尤爱缠人，瞅准了人身上的缝隙往里钻，钻入即化，激肤激心。雪一下半年，没人会有兴致玩雪。最北的村庄，一到冬天，别指望山外会来人。如今搞起了旅游，游人专挑冬季来，来看雪，来玩雪，不亦乐乎。

现在种地全靠机械，故而刀枪入库，马放南山。两次回访故地都是夏天，一匹马没看到。老乡像寄养孩子那样把马送到集中豢养处，冬天领回，套上爬犁载游客。马算是苦尽甘来了，半年休假，半年拉几个人到雪地里溜达，看这些老大不小的人使劲玩雪，马也在笑。

禁伐禁猎之后，山里的雪干净了，绝无人屎臭、马尿腥。

作家李娟生活在阿勒泰，那里也很冷，她写了《什么叫零下四十二度》。我乐了，我所经历的比她冷，将近零下五十摄氏度。她说的没错，冷的极限是疼。不过，零下四十二摄氏度应该还好呀！不至于如她描述的生不如死的样子。对了，女孩子的体感与男人不一样，没男人经冻。

草爬子

　　重回大兴安岭，好几处樟松林和桦树林成了景点，可沿木栈道深入林子，看大自然的奇幻景色，感受原始森林的神秘与宁静。我昔日曾把自己当作是这儿的主人，敢对森林指手画脚。如今作为游客来此，循规蹈矩。这里是兽的地盘，虫的世界，过去是，现在是，将来也还是。木栈道两边钉在树上的警示牌上大多写着：小心蜱虫！并提醒尽量不要离开木栈道。不由摸了摸腋处——别人的酒窝潭子都在腮帮上，我的在腋窝处，左右各一个。其实是小疤痕，五十二年前留下的，在同样的林子里，蜱虫的杰作。

　　当年不识蜱虫，只听老乡说山里有草爬子，会钻皮肤，让大家注意了，并叮嘱，凭空出来个黑痣，不要去抠，更不要硬拽，回来让他们查看，让他们处理。经常有人带着黑痣回来，老乡便用烟屁股烫那玩意儿，弹掉灰，吹吹红，由远及近，逐渐升温，才能让草爬子松嘴，才能整个儿拽出。取这小东西千万急不得，硬来的话，躯体跟颚会断离，就只有请医生取出留在皮肤内的头。随它去也可以，那就等着坏事。草爬子携带的病毒听着就瘆人，会引发脑炎、出血热等，会死人。

在上海只见过会变粗变细的蚂蟥叮人，没想到草爬子这种带手带脚的硬壳家伙也能遁入人的肌肤。草爬子是高级麻醉师，蚂蟥入人体时人起码还有点痒感，草爬子让你不会有一点知觉。

草爬子一头钻到人的皮肤里就为吸血，吸起来倒是不慌不忙的，能在一个地方吸上三四天。我都是当天就将其取出，失血少量。听说草爬子的身子可以无限膨胀，饱血的话，形体可以大几倍、几十倍，甚至上百倍，成了名副其实的吸血鬼！

随我同往的朋友似乎并不怎么怕草爬子——没被这小东西钻过的人都如此——他们认为我说得有些夸张，故而满不在乎。他们倒想见识一下，甚至体会一下，却始终未有找到这个被议论纷纷的虫。草爬子不像蚊子那么人前大张旗鼓，一直藏匿着，怎么上身的，从未有人知道。它很小，一般只有辣椒籽那么大，当年插队时我平均一年被草爬子叮一回，概率不大。草爬子还是比较容易防的，平常进山，长袖长裤加注意就行，到不了你柔软处，草爬子就钻不了空子。

大锅炖

"大锅炖"誉满全国了，重回漠河好像非尝不可。桌即灶，灶即桌，锅占中，柴火煨着，热气带着吱啪声从锅盖缝沿奋力往外挤，雾满屋子，令人迫不及待。这一锅炖的是笨鸡，香是自然，关键是每块肉吱吱欲动，让人食欲置顶。锅口烙了一圈饼，吸附了满锅美味。

肉尝了，饼吃了，大家一致评价："真不错!"

孙老弟问："这么有特色的'大锅炖'怎不见你写?"

其实我也是头一次领略"大锅炖"。明白了，他们以为"大锅炖"是东北的家常便饭，我在此插队落户，必然常吃。

我告诉他们：当年哪有这些菜，每天不是土豆就是大白菜，荤气一年闻不到几次。所以大家常盼着马死、牛死，或者进山打猎的队友能拖个大家伙回来。都十六七岁，那时候馋啊！只要是肉，不在乎怎么烹，熟就行，根本不识什么大锅炖。

大锅炖我是没法写的，没体会。

我写过怎么觅杀五保户老太的猫，朵颐解馋，还写了把扔在雪地里冻得硬邦邦的马脚捡回来，割筋煮了吃，因为这都干过。

生产队好像还猎杀过一头熊，纯肥肉，嚼了一片，膻味太重。记得我没咽，吐了。

松鼠、飞龙鸟我吃过。老范在守大桥时逮到过一只受伤的小犴（马鹿），他没给我留，也没吃着。有人送给五保户老太一个狍子腿，老人家唤我过去，让我尝了一块。吃她的猫在前，说明老太太没记仇。

现在的铁锅炖、大锅炖、乱炖等大概都一回事，不觉得有多好吃。我倒是老记着五十多年前吃的那些没加任何佐料的野味，那时候许猎杀，可以吃。我们个个长身子，特能吃，"饥"肉最好吃。

有鹿生财

表妹夫二十年前送我一个鹿头，是他从辽宁老家的鹿场觅来的。鹿头被制成了标本，就眼珠子是假的，栩栩如生。镶板上有四个阳字：有鹿生财。鹿通禄，他望我发财。

大兴安岭有驯鹿、梅花鹿、獐子、狍子和犴，五十年前我在林子里都见到过它们。我把它们归为一个家族，因为长相差不多，只是个大个小角长角短而已。

鄂温克人养驯鹿很在行，以鹿代马，连喝的奶也是驯鹿身上挤出来的。驯鹿比马听话，喜欢盯人，拿个桦树皮做的桶一敲就能召唤。上回重游故地在鹿园喂食，一头驯鹿嫌我喂得不够爽快，差点让它顶着。给圣诞老人拉雪橇的驯鹿有九只，都有名字：鲁道夫、猛冲者、跳舞者、欢腾、悍妇、大人物、闪电、丘比特、彗星。八只负责出力拉，红鼻子鲁道夫是开路的领头鹿。人类的祖先把鹿视为圣洁，赋予了许多美丽的神话和传说。

　　当年插队时我随老乡到山里捕过鹿，在一处较密的林子里砍下部分树，做成了一个天然大笼子，门设机关，靠里挖一坑，撒一大袋盐作诱饵，三里外鹿嗅到必至。数日后查看，门倒是关上了，盐坑也扒过了，空无一鹿。估计是让野猪先给拱了。这畜生个矮，连盐带土吃痛快后从栏杆下一钻而出，扬长而去。鹿也来过，笼子外足印清晰，可见鹿来晚一步。鹿想，人真坏，用盐诱我，却不让进。

　　獐和狍最多，不惧人，容易捕。这些小家伙挺能跑，一生下来就能跟着爸妈走，一周后的奔跑速度能有几十公里每小时。会跑的动物肉紧结，老乡那里吃到过，用上海人的话说"全是栗子肉"。

　　犴是大家伙，能有几百斤，雌雄都长角，硕大且多杈，掩在林子里像两棵树。同学老范逮到过一只受了伤的幼犴，那是巧，犴想凫水过河，被捕鱼的鱼梁子挡了去路，老范不知哪来的勇气，竟一下跃到犴的背上，死死揪住犴皮。老范不重，但幼犴有伤在身，累趴了，一上岸就被众人摁住拿下。我吃过犴鼻子——不是老范逮到的那只——这是犴身上最高贵的肉，曾是贡品，我觉得味道跟猪拱差不多。

　　这些动物的肉今后不可能吃得到了，北方有鹿肉干卖，谁知道是不是鹿的肉。

　　妹夫给的鹿头安在我办公桌一边的墙壁上，举头望鹿，鹿也老是睁大眼珠子注视着我。到底生不生财不能指望鹿头，但伴了我二十多年，就算标本也能生情。

龙江的传说

　　《西游记》里几乎没有野妖精，大部分妖怪来自天庭，不少还在编制之内，他们都是某个神仙身边最亲近的童子、坐骑或宠物。熟知的金银角大王原是太上老君的炼丹童子，青牛怪是太上老君的坐骑，白鹿精是南极仙翁的坐骑，玉兔是太阴星君的宠物，还有东来佛祖的黄毛怪，观音菩萨的金鱼精、金毛犼，文殊、普贤、如来的青狮、白象、大鹏等都下凡惹过事，可见每一个怪物背后都有一个大神。这些怪物基本都是趁主人打个盹或外出办事时，顺手拿一件主人的法宝偷跑到凡间的，说明天上的管理疏漏很大。怪物们像是被安排好的，一环接一环惹是生非，目的都为阻挠唐僧前往西天。

　　北方有一条叫白龙江的河，曾有一条名叫"祝赤"的白龙霸占了千里江水，兴风作浪，当地的渔民不得不将捕来一半的鱼拿去孝敬怪物。一说白龙也是从天上偷跑下来的，是西王母的学徒；另说，大禹治水的时候，许多性情凶恶的龙都被制伏了，白龙逃脱，才来此作恶；又说白龙原来是在东海的，因什么事惹怒了海龙王后才被贬到北疆。有一户姓李的人家生了一个通体炭黑、鼻翼两侧长有肉须、带个尾巴的男孩，生下来不多会就会走路。家人以为是怪物，用刀去砍，剁了其尾。有说砍者是其舅舅，有说是其哥。黑男孩又疼又吓，逃到了白龙江边，被一个老渔夫收养。因为长得龙样，大家就叫他"小黑龙"。小黑龙饭量很大，长得很快，不仅体魄强壮，胆识也过人。懂事那年，他跟乡亲们说要去与白龙搏斗，大家只要在翻黑浪时往江里扔馒头，翻白浪时扔石头，他就能打赢白龙。果然，小黑龙吃着了乡亲们的馒头，越战越勇，而白龙尝到的是石头，终败。为了纪念小黑龙，人们便把白龙江改叫为黑龙江。

这是个美丽的传说，吴承恩不一定听说，也或许把这段故事编进《西游记》的话，唐僧就绕路了，跟在鹰愁涧收服小白龙的内容也相冲。

黑龙江早先确实不叫黑龙江，《山海经》里说的是"洛水"，《魏书》称"完水"，《北史》也有"乌洛侯国西北的完水，北流合于难水"之说。《旧唐书·室韦传》和《新唐书·室韦传》中分别提到的"望建河"与"室建河"，都是指黑龙江，直到金代开始才有人将之称为"黑龙江"。

开饭啦，开饭啦

好些人问我，怎么没见你写过东北的杀猪菜，或是乱炖、大锅炖、炖血肠……他们认为我在东北待过，就必定熟悉这些个北方大菜。很遗憾，我也是这几年才见识，当年一个菜都没被馋过，不知其内容。

一个个都成老人了，回到故地总算看到了名声在外的东北大菜。不过，品尝的兴趣已不大——看上去真的是"乱"！

二十世纪六七十年代，讲究的是饱，吃饱就行，吃饱就嗷嗷叫。

一年一千顿饭，三餐均分，早上稀汤就馒头，叫醒胃；晚上扎实一碗土豆或白菜，叫哄胃；中午基本都是野餐，外头干活自带干粮，冬天要做个排场生火将冻成石头的馒头烤软了吃，夏天口袋里摸到吃的跟猪八戒吃西瓜一样生个想法去掉一部分，经常提前完事，反正落到自个儿的肚里，叫蒙胃。回到寝室没有哪个肚子不在叫，仰八叉躺着等敲钟。钟是拖拉机上卸下来的不知哪个部件，击打之下发声最响亮的那块东西。

咣咣咣！然后沈厨子扯着嗓门喊："开饭啦，开饭啦！"因为喊高了，"啦"声像女人叫。"开饭啦开饭啦——土豆，开饭啦开饭啦——白菜……"每次都有人叽咕。

菜是不见油的。没油也香。紧吃几口，然后缓下来，掐一块馒头用指头捏啊捏再送嘴里。吃是享受，得多享受会儿。吃得够多了，一个馒头四两，两个八两，仍没填满肚。嫌土豆嫌白菜，没一个吃剩。好想吃肉！肉肉肉，肉在哪？在猪身上，在牛身上，在马身上。牛马杀不得，只有盼它们病死老死累死意外死。猪到处跑，过年才能杀。

终于挨到队里杀猪，照例由队长来杀，全队围观。先配合围住该杀的猪，一起逮，逮住了交给队长。那时候劲最大的汉子才能当上队长，摁得了猪就是本事。那里的猪爬惯了山，欢蹦乱跳，生龙活虎，劲比人大许多。

咣咣咣！"开饭啦开饭啦！"娘们样的喊声今天伴着肉香感觉不刺耳了。

小半碗肉，奇香无比。好吃的是肥肉，滑嘴润喉。

山上有兽，队里也常派人上山狩猎，用枪，用套子。熊没人能对付，猎獐狍鹿兔小松鼠见人扛回来几次。这几样都吃过，从他人那里打到点牙祭。队里的食堂就烧过一回鹿肉，那鹿大概死久了，盛给我的一碗满倒是挺满的，肉散不成块，还腥。死了一匹老马，沈厨子把好肉割了去，马架子搁在一间空屋里，残肉随便割。当晚全队飘香，开大荤。这一次沈厨子没敲钟，也没喊。所有人早早就候着了，倒过来齐声催："开饭啦！"

心中的那块路碑

X203，"X"意为省道，"2"指南北纵向，"03"是该路的排列顺序。输入"X203"，出来一溜，各地都有，长的有几十千米，短的只有2000米，唯独没有我要找的X203。我找的是最北的X203。

以前这是一条乡道，又窄又差，一周进出一趟班车，几乎没有其他车辙印。路的两边是林子，密得很。兽常穿越，或就在此路上撒欢。每次出入都能见到狍子，只有这个小家伙见人不怕，时常在前领跑。林中寂静，却能感受全是眼睛。

车少是因为路的尽头只有一个小村，几百号人，紧挨着一条江，江水看上去发黑，所以叫黑龙江。不流冰时，黑水浩荡却悄无声息。僻壤之地，前面是国境，外人来此干吗？

1969年底，这儿连续来了两批上海的娃儿，他们叫知青。小村子人口一下翻了一番，挤是挤了点，不过热闹，人气大旺。一个地方的人口两个月里暴增一倍，对所有城市来讲不可想象，无法对付。这个小村子居然扛住了，饱不了所有人，但也饿不了所有人，历史上没有，全世界无。这是我国最北的一个行政村，早期叫大草甸子，后来改成：北红。

9300 公里的 G331 从丹东到阿勒泰，最长最美的国道，在路中最北的一个丁字路口北侧有着一块标着 16 公里的路碑，拐弯往里，便是进出北红的唯一通道。

插队期间，我只在第一个冬天参加伐木队时经过 16 公里路碑，如果这算一次，那么从刚来到告别离开，总共过碑三回，这三回刻在心头。

返沪较晚的几个同学因为探亲在此往返过多次，入 16 公里时脚都是拖不动的，出 16 公里人就像长上了翅膀。16 公里有展望，也激心。

50 年后我与同学、与好友接连去了北红两次，16 公里路碑依然杵在那里，见到时有点激动，远去时感慨万分。X203 仍很窄，但新铺成的水泥路在林中犹如一条蜿蜒的白带，让心舞动。当年被温泉冻成的斜坡，如今将水引入桥下，不再碍路。遗憾的是不再有狍子出现，更别说会有其他鸟兽闯入你的视野。许多自驾来此的游客被景迷住，停成一溜啧啧观赏。不时有骑行者奋力向北，揣着梦想，去看美丽北红——那个自然原始的传统村落。

北方那个雪

黑龙江漠河地区九月就有可能舞雪，今年也是，然后常舞，或狂舞或曼舞，舞半年。在这期间，积雪覆盖了钢筋水泥，城市标志全被白雪取而代之。

昨日，大风，零下三十摄氏度，漠河又添了床新的雪被。漠河人在问：观音山见佛光了吗？

云中，水滴映出彩虹，冰晶投射出日晕。巧的是光晕会伴随菩萨……吉祥之奇象只在漠河发生。

一首《漠河舞厅》骤然走红最北小城，主题是爱情，说的是此情如雪，因为北方的雪洁白无瑕，最为纯净。故事发生在20世纪80年代，有名有姓，故而可能是真的，不知出于何意，没有结尾。我那时早已告别漠河回到了上海，而且我不会跳舞，老天对我也没什么不公。所以在大呼感动的众人前，悲情无法上我身。

就我们这一代知青而言，不乏悲情。在南有"孽债"、北有"情殇"的背景下，我亏得父亲那时尚未平反复职，不敢谈恋爱，也没人敢同我谈，故而无债无殇。

我在本书讲述了三位女同学的爱情故事，她们分别与三位有着俄罗斯血统的老乡在雪乡建立了家庭，后为了能让儿女入籍上海，办了离婚。说好是假戏，结果都未重合，原因各异，悲情一样。

"他朝若是同淋雪，此生也算共白头。"

我没查到这句话的出处，估计是现在的年轻人想出来的。

淋雪而白头，这样太容易了，冬季到漠河更不用费什么力——纯属闹着玩！

离开漠河五十多年，重回过两次，一次春一次秋。说好相约冬季再去的，从者纷纷。要不是疫情扰乱计划，眼下可能正在淋雪。

冰雪热

年尾，是该冷了。

昨日，相关权威机构说上海的气温会连降至个位数，气象意义上可以认定为：入冬。老头老太们裹上最厚的衣服，结果热得直想脱。大兴安岭传来消息，漠河南面的呼中零下四十点九度。这会咋样？眼睫毛会打霜，胡子会挂冰，鼻涕不能乱擤，摸摸是否冻住，年轻人玩"洒泼"，扬水成冰扇；茅厕里个个蹲位杵着"粪塔子"。

老乡说，零下超过五十度地会冒烟，有一年这疙瘩零下五十多度，冻哭了好些个大老爷们。干吗哭？冻得受不了呗！怎样个受不了？脚像没了，手像不是自己的，鼻子像不在了，哆嗦个不住，你能不哭？禁不住地哭，干哭，哭了兴许暖身。

东北的女人皮净肤白，当家的没一个会让婆娘吹风淋雪，喂猪逗孩待炕上，整天暖如春。人猪同住，但猪围在外屋，人在内屋。东北的黑毛猪都长腿，夏季赶山上寻野果跑得比兔还快，故成为越栏高手，从它的圈里轻易跃到人的地界，狗一样在屋内转，甚至擅入主人内室，因为这里面暖。

再冷也得进山或去江上，副业挣钱。所有副业都在冬季，伐木、猎皮、冬捕，冰雪造就。如今，不伐不猎——冰雪资源有的是，"放下斧头搞旅游，小康生活不用愁"。

大兴安岭降雪早、雪期长、雪量大、雪质好，这些都是冰雪资源优势，可让大兴安岭成为冬季最"热"的旅游目的地。

冰雪的观光产品也有很多，大型的冰雕、冰灯、雪雕景观，为冰天雪地增添了无限魅力。

漠河的北极村至去年已举办了六届挑战极寒的钢管舞（高空舞蹈），其他冰雪项目还有百米"光猪跑"、界江抽冰尜、冬泳、雪地足球、冰上拔河、堆雪人、推爬犁等。冰雪节庆也很成功，最北圣诞节内容丰富很有特色，连我都被吸引。最冷冬至更有许多文章可做，极夜星空好似天体悉数登场，令人遐想无边。鄂伦春民族文化是个宝库，冰雪文化融合森林文化，渊源深厚，丰富了中华文化。

当地还与国家、省体育主管部门和相关运动协会积极合作，打算承办国家或国际冰雪汽车越野赛、江上汽车漂移大赛、雪地马拉松赛、冬泳邀请赛和滑雪、滑冰等挑战极限的体育赛事活动。同时，以冰雪为主题，开展摄影大赛，积极开发冰雪文艺演出、冰上舞蹈、雪上体操等演艺产品。通过系列产品的深度开发，形成大兴安岭冬季旅游的核心竞争力，真正让大兴安岭的冬季旅游热火起来。

兴安岭的松鼠

想截两张松鼠的图，翻来翻去只找到花栗鼠的图片。这是体形最小的松鼠，身上平行的纵纹很好辨认，林中最多，却怎么也寻觅不到大兴安岭黑松鼠的照片。

黑松鼠这个名字是我起的，明明黝黑黝黑的，为何偏说它是灰松鼠呢？据说黑松鼠是同类中体形最大的，体大如猫。我认为它是最漂亮的松鼠，黑毛如同上了油，发光，吃东西特猴急，嘴里揣了食物后，呈圆脸，耳尖到了冬季会长出两撮竖毛，像女娃的辫梢。身拖狐尾，在树间滑飞时当舵使，我猜想还可当被。

黑松鼠被公认是大兴安岭的精灵，走进林子就与你为伴，你看它，它也看你，可你稍示动作，它三下两下就窜没影。如果还在树上，拿斧背击树身，松鼠怕震，有点震动就死抱住树，击一下，它就滑落一节，直至落地。松鼠腿短，松软的雪地没法跑快，可逮。松鼠几乎无天敌，只有人。人用枪击，几无逃脱可能。那时因为供销社收购皮毛，一张黑松鼠皮能卖1~6元，看皮毛损伤程度，最高能卖到8元——皮子未见弹孔，那是打中了眼。

我在雪地里撵上了一只花栗鼠，剥皮放在箱子里，几天后，起味了，一撸，毛离皮。未经处理的皮毛很快会腐。据说应该给皮过盐，然后撑开晾干，要像药店里的蛤蚧一样，整个儿张挺，飞的样子。

两次重回故地，只见到花栗鼠，黑松鼠连个影都没见着。它是精灵，路人不可能见得着。插队时，我们起码要翻过几层山，在樟子松的净地才能发现其身影，飘飘忽忽，自由自在。黑松鼠的栖息地，光透风逸，外兽不入，人迹罕至，王国一般。

好不容易在十八驿站的鄂伦春文化园看到了黑松鼠，有七八只，在笼内，就是我梦中的故友。许是见惯笼外观者，你看它们，它们看你。

但我读懂了它们的眼神——想出去。

兴安岭的蚊子

挑八月份去大兴安岭"探亲"是因为有老师和孩子同行，正值暑假。

这是个不错的季节，蓝莓、都柿、稠李子等野果正好成熟，满山遍野。不过，这个季节也是蚊子、小咬、牛虻和地爬子活动的高峰期。

五十年前我在漠河的北红插队落户，膀子被牛虻蜇成腿粗；地爬子钻到肉里，至今在胸前还留有疤痕。至于蚊子、小咬，哪个没让它们追咬得没辙，嗷嗷直叫。

上海的牛虻只在近水的地方活动，大兴安岭的牛虻却群居在山林，一旦感知人类的呼吸和汗味，就视其为行走的"美食"，不要命地蜂拥而上。上海的蚊子有两种，身材娇小的土蚊和外来的花黑蚊子，它们都喜欢在你身边绕啊绕，寻机行事。大兴安岭的蚊子就像烈性的东北汉子，从不盘旋，直扑而上，似乎还在说："咋地？我就咬你了！"那儿有个故事，说土匪绑了个人，将其扒光衣服绑树上喂蚊，这个人的妻子哭喊着驱赶丈夫身上覆盖的蚊子，没想到男人叹了口气说："你这样就要了我的命。"因为那些吃饱了的蚊子原本都趴着不动，其他蚊子挤不上来。赶走一批，会再来一批，这么咬下去，人的血早晚会被吸干。小咬，学名叫蠓，成群逐人，没法赶，会往头发、裤腿里钻。地爬子，扁平身子，袭人时悄无声息，跟蚂蟥一样，入体毫无感觉，带有致命病毒。有人说，大兴安岭的三个蚊子可以做一盘菜，太夸张了，但要是炒上一百只蚊子，绝对是一盘昆虫大餐。

此次旅行前大家做足功课，人人备了驱蚊喷雾剂，"雷达""六神"，我带了瓶洋文的，不知啥牌，证明下来，还是"六神"驱蚊效果最好。

途中，见一瓜农，在路边搁了个摊，身后是瓜地，西瓜、甜瓜，摊上放几个样品，你要，他随摘。当然，你也可以亲手采摘，但会被虫儿轰出来。蚊子、小咬，成千上万。但他不会，因为他添了装备。下地时他只露个脸，帽檐挂着一小盘蚊香……呵呵呵，好聪明的瓜农！

白桦树·白桦林

在兴安岭，最多见的是落叶松，其次便是白桦树。无际林海，白桦随处可见，常见与红松、落叶松、山杨混生或成纯林。桦树形态各异，枝叶扶疏，洁白雅致，十分引人注目。

距今 4000 年至 2000 年的青铜时代到铁器时代早期，在西伯利亚、远东有一个规模庞大的文化圈，覆盖今天的中国东北地区。这个文化圈属于不同民族，但有一个共同的特点，那就是大规模使用桦树皮制成器物，小到盛食的器皿、狩猎工具，大到船只，学者将这种特殊的文化称为"桦树皮文化"。

农历五六月间，是白桦树茂盛生长时期。这时的桦树皮光滑洁净，是剥桦树皮最好的时节。选好树段，上下各划一刀，中间再竖划一刀，桦树皮就会翘起边缘，一扯，整张桦树皮就剥落下来。剥下的树皮可用重物压平。

撮罗子，在林间用桦树皮搭建的简易住所，其形状就像倒扣的蛋筒，属鄂温克民族独有。赫哲族有一首歌谣："桦皮船，两头尖，船飞叉动鱼堆山，笑声欢，心儿甜，手持鱼叉歌满船。"这是用桦树皮制作的最大器物，其他少数民族也有做树皮船的工匠。我们队里的老乡却个个摇头，说这个玩意儿没法整。"阿德马勒"是鄂伦春语，指姑娘出嫁时陪嫁的箱子。箱子也是桦树皮制成的。坚桦，树皮暗灰色，木材沉重，入水即沉，享有"南紫檀，北柞榆"的声誉。柞榆就是坚桦，可做成车轴、车轮。

在桦树皮上写字感觉极好，字有立体感，比纸上写出来的漂亮。《林海雪原》杨子荣深入虎穴，把情报写在桦树皮上，由孙达取回。我当年也用桦树皮给父母写过信，父亲说一直保管着；但他过世后，这封桦树皮信始终没能找到。

在大兴安岭，白桦林大多与松林生长在一起，像感情笃深的恋人，根连着根，枝攀着枝，共生共长，人们称其为"松桦恋"。植物也沟通信息，合不合群它们知道。白桦树产生的白桦油，有一种芬香的气息，可减少松树生虫。

五十年后重回故地，就因为心里揣着这片林子，并装着白桦树。大兴安岭的大部分地区其实在内蒙古，最大的桦树林在呼伦贝尔额尔古纳。驱车前往，一出西林吉就看到了三十年前的火灾场景。漫山遍野残留着被火燎过的枯树。车驶入时，仍未走出当年过火的区域。全车很静，大家都默默看着窗外。"看，白桦林！"有人惊呼。远处的次生林出现了大片白桦树。白桦树生命力极强，森林被大火烧毁后，首先生长出来的多数

是白桦树。没有哪片树林比白桦更坚韧，能给人带来希望。以前在这插队时没这么多感触，此次纷纷用相机与树对话，与树眼对视。白桦树多眼，洞悉世事。

在二十八站下车欣赏那里的白桦林时见到一对夫妇，他们从齐齐哈尔自驾来此，女的身穿红衣，在林间起舞，男的拉响手风琴一遍又一遍演奏着歌曲《白桦林》。我们离开时，男的还在拉、女的还在舞。歌曲充满了战争的悲情，但这对夫妇沉浸在幸福中。

五十年前，我们觉得白桦树虽比不得松树高大，但也粗壮。如今，次生林的白桦树还是幼树，没过火的林子也少见成年大树。据说是小小一双一次性筷子造的孽，曾经砍伐过度。现已禁伐，伐木工成了护林者，白桦树可以安心成长。

江之源　人之源

　　大江也好大河也好，源头都不起眼。多数人想不到，6387公里的长江源头只是个筷子粗细的山泉，中国第二长河母亲河黄河，它的源头也只有碗口大。但黑龙江则不然，源头开阔浩荡，势如巨龙张嘴，倾泻大水。原来，黑龙江源头之上还有源，而且是南北两个源，南源为额尔古纳河，其上源为海拉尔河，发源于中国大兴安岭西坡；北源为石勒喀河，其上源为鄂嫩河，发源于蒙古国北部肯特山东麓。南源、北源宛如龙头上的双角，枝状展伸，一路集水，全都注入黑龙江。

　　黑龙江源头临近一个叫洛古河的古村落，江水兴奋，从"源头第一村"便开始提速，绕过漠河老县城的北缘时江水不住打转，很像是一种道别。江岛很多，基本都在中方一侧。往下一百多公里处有一个较大的岛，以前叫"套子岛"，成为最北知青点时已更名为"先锋岛"，或称：先锋生产队。我想说的是，就这个岛，竟成为我人生中极重要的一个源头，我从这

儿开始自力，独自闯天涯。跟黑龙江一样，我也有"源上源"，上源是上海浦东——那是我出生之地；再追溯，江苏高邮也是我的源——那是我的祖地。由此看，源是不能选择的，是先人决定的，父母决定的，国家决定的，上天决定的。先人决定我是詹氏后代，是黄帝的一支叶脉；父母决定我落地何处，以及起跑位置；国家决定我十五岁时入列知青队伍，上山下乡，从农民做起；上天决定让我生一场大病，如若不死，换个地重启人生。我果真生了场大病，回上海动了手术后留在了上海。我的源不少，之后又出现过多个。一个人究竟有多少个人生之源是无法先知的，也许多的是，也许就一两个，也许都充盈，也许都枯竭。

源应该是水流，但在人生中体现的是机遇、福报、基因以及钱财。

源头为始，江河入海为终，人以死亡为终。江道河流不是呈蛇扭之态就是龙舞之状。人生多数呈起伏状，无人终生平行。

人很容易产生错觉，而且是经常性的。黑龙江很清澈，但看上去确实黑。黑龙江流经大片的森林地带，树木产生的大量腐殖质使两岸产生大量的黑土，黑土被河水冲刷到了江底，成了江水的底色。正因为江水清澈见底，才让人产生错觉，以为水也是黑的。有人责怪源头，源头有什么错？源头本清澈，流经林地、草地还是黄土、沙漠是大自然的安排。人的错觉是判断力出现了问题，五官的责任很大，让丑美、香臭、虚实、软硬都出现了误判。

源头只为江河起音定调，演奏效果要看全体演奏者全程发挥如何。源头不必起眼，一个源头决定不了江河能成多大规模。源头不必高大，一个源头决定不了人生能成多大气候。可以不忘初心，可以遵循方向。江河怎么流永远是江河，人不行，走错了，可能会被说不是人。源头不戴光环，也无罪过，造福还是闹灾都是后继造成的。

寂静的森林

上海的一株树，会引来一群鸟。鸟喜欢对话，三五成群，一鸟叫，齐争鸣。大兴安岭是林之海，鸟定然多，会不会吵翻天？

和朋友一起重返故地，从漠河进入林子，到黑河出林子，穿行了一个礼拜。一路上，没听到一声鸟鸣，更无兽吼，只有我们一行人的说话声，以及汽车轮子碾地的声音。司机没摁过一次喇叭——干吗摁喇叭，摁给谁听？

大兴安岭怎么会这么静？鸟呢？不发声也不见飞。兽呢？更是无影儿。不是说"棒打狍子瓢舀鱼，野鸡飞到被窝里吗？"把人忽悠的……

五十多年前我在这插队落户时，飞龙鸟常从身旁啪啦啦突然窜出来，狍子在前面奔奔停停，松鼠从这棵树"飞"到那棵树……甚至还见到过黑瞎子，就是熊，我们吓得屁滚尿流。不过还真没听到这些东西开口发过什么声音。大兴安岭的动物们，你们为什么不唱歌，也不说话？

问过不少人，都是"哎！是的呀……"一个个同样给不了答案。

林中多溪水，在落叶间流淌，不撞石，水也无声。

动静最大的是伐木，锯树声、喊山声、倒木声、抽鞭声、马儿响鼻声、归拢号子声……如今这些声响都没了。只造林，不砍树，林业工人全都闭了嗓门儿。

进入黑河地区，已走出了大兴安岭，林消失。

人类改造自然越成功的地方，声响越大。黑河边贸繁盛，旧城新貌，鼎沸的城市。令人费解的是鸟反而在闹地出现了，而且叫得欢。这些鸟是从大兴安岭迁徙过来的吗？可能是吧，来了，与人混熟了，不愿回森林。

一个刚从山里来到城市的人，一开始总是小心翼翼、不敢吱声的样子，一旦融入，自然会活跃。

动物原本都寡言，相交人类后才多语。花鸟市场的雀儿最会叫，因为这些鸟儿知道人类喜欢它们的声音。

三段景

　　我插队所在的先锋岛（地处漠河市北红村）是堆沙形成的，头尾八里，分上、中、下三段。下段宽广，经黑龙江腐殖质水的久远浸润及人类耕耘，已成沃土熟土；中段一马平川，非常适合农机耕作，地势最高，人、物便择此居安；上段砂质黏土，只能种植耐旱耐寒、对土壤要求不高、生命力较强的燕麦——也称"野麦子"，这种麦粒芒针分岔，燕尾状，畜生爱吃，是喂马的精料，饲用价值较高。

　　冬季，冰封，雪盖，岛与山、水连成一体，一色。

　　夏季，小岛生机勃勃，万紫千红。

　　下段，灌树成林，枝连枝，叶叠叶，遮天翳日，远看黑黢黢的，生长着臭李子、山丁子、一把抓、红姑娘、杜斯（野蓝莓）、雅格达（兴安红豆）……天然果园；中段，小麦拔穗，一片翠绿，微风拂过，绿浪滚滚；上段，百草百花与燕麦争长，野罂粟占尽艳丽风头，芍药花朵大多彩，见地就展，野百合如白云落地或若黄毯，马莲花紫得抢眼，老头翁红白相间随处点缀，野玫瑰成簇、小红花星状密布，达达香花（兴安杜鹃）红红火火……天然花园。

这么富饶美丽的岛，原本是兴安精灵的世界，后来，人来了，与动物共存，喧宾夺主。人住岛中，岛头岛尾仍是动物天堂。林宽鸟不争，飞龙（树鸡）族群为最，频飞，提速很快，扑棱棱惊了野鸡、松鸡，吓了雀鸟；唯独鬼鸮（猫头鹰）纹丝不动，睡它的觉。花丛里时有大白花一朵，忽儿换地亮相——狍子就喜欢拿一团白屁股对人，引人注目而得以脱逃。兔儿最多，毛色会变，此时呈灰，雪冬变白，山兔便易名雪兔。鹿、犴、獐胆小，喜欢啃食苔藓地衣，多在林子里，不大让人得见。野猪、棕熊旁若无人，岛中间的菜地也敢来，胆大妄为地刨食土豆。美食难挡，食胆包天。

2018 年 6 月，我与十多位同学携眷重回阔别四十多年的小岛——先锋岛，又见小岛上、中、下三段景，茂盛果灌林，旷野绿麦地，似锦花世界。只是，蚊虫、小咬伴随全程，小岛头、尾两地的虫儿最多、最为"热情"，死缠不饶，因为你动了那里的花、那儿的果——似乎这些是它们的。

可爱的老范

与当年的插兄一同来到插队之地，大家都在寻找印记，五十年了，哪有？老范手指一处，十分激动："这是猪圈，我住过的地方……"几根散落的朽木，他认出来了。他那时候是猪倌，与猪同住。

老范名叫宁建，人很宁静，行事不争，十分老实，体形不健（壮），瘦瘦小小，脑子里却是万宝全书，问啥都应，答不了就与你一同讨论，往往出乎意料。他整天一副想事的神态，但见人便给予笑脸，咧嘴，嗨嗨。

生产队其实就是黑龙江上的一个小岛，岛上寂寞，日子过久了，说话妙趣的老范成了知青们的精神支柱。

老范人很静，爱读书，博览。1987年《上海消防》连载了我编译的《冲天大火灾》，这么专业的杂志，只有老范说在图书馆翻看到了。他当时想：作者是同学詹超音吗？

老范的低调有些令人费解，刚到黑龙江时与我睡一个炕，新衣新鞋绝不穿，扔炕板底下说等霉黑了穿，一洗，仍新，便用小刀划那鞋面、领口。

老范看上去十分懦弱，却勇敢得难以想象。这次北红回访途经二十七站大桥，大家又提及老范骑犴的情景。老范指着大桥第二个桥墩说："我就是从那边掉落河里的，掉在了犴身上，犴往岸上游把我带上了岸。"犴的体形较大，似鹿。人问："怕吗？""怕！""怎么没从犴身上掉下来？""我揪紧了它的毛。""然后呢？""我大叫我抓到（犴）啦！岸上的人应声守在了河边。""后来呢？""他们把犴打死了！"这个故事老范复述几百遍了，这是他的光荣史。有人说"您的故事真神奇"，老范听出语者存疑，竟誓"骗你天打雷劈！"他很能忍让，但会全力捍卫诚信。人又说"不过犴救了你，你却害死了犴。"老范心善，他觉得对不住那只犴。

老范脑颈处动过手术，他说这以后记性差了许多。记性再不好，但"犴"的往事他这辈子都不会忘，即便是其中的一个细节。

景由心造

　　岭还是那座岭——大兴安岭，林子还是那片林子——落叶松和白桦，早先去与现在去感觉不一样。

　　去那里安家，砧板上的肉，切成块还是剁成泥，听天由命……朔风吹，大雪飞，我是一落叶。故地重游，来客驾到，这边接那边迎，好不热闹……繁星亮，明月挂，我是一醉侠。

　　六月，入夏，兴安杜鹃已领衔完毕，山地另行涂彩，远近皆斑斓……大兴安岭花不来时不添色，一旦盛开纷争艳。

　　五十年后，与爱人等重返故地，家属是头一次踏北，没见过林海，没被山花如此簇拥，一路沉浸在诗情画意中，还对我说，你们插队落户的地方原来这么美啊！

　　X203是一条最北的乡道，很窄，两车相遇时一车必须找一凹处避让。乡道总长16公里，尽头是我国最北的行政村——北红。拐入此道便浮想……五十年前由此"上山下乡"，正值隆冬，白茫茫一片，给青春一个下马威。人生步入蹉跎岁月，高高的兴安岭不欢呼也不咋呼，冬照去，春照来，夏不缺，秋不落，绿、红、黄、白，四季分明。但不知为何，到了那里，绿不喜，红不欢，黄不奇，唯独白色刻骨铭心。累趴的人从来不看景，迷茫的人都色盲。

今日不同，带着欢心来，一路喊美极。

我的兴安岭，原来你真美！

马呢

两次回到当年插队的大兴安岭之北红都在夏季，都没看到马，留意地上，粪蛋子也没一个，吸吸空气，毫无马味……以前马来马往，随便什么时候都能听到马蹄击地的声音，到处马粪，到处马味，人人身上都带马味。劳作靠马，出行靠马，没马，啥事儿都做不成。可是……马呢？

到了北红一打听才知道，如今漠河这个地方夏季不见了马，家家摩托车代步，小汽车拉货，比马好使，比马好伺候。马呢？全被集中在马场圈养，干吗要寄养？寄养划算，还省事。花点钱而已。冬季各家领回，套上爬犁拉游客，积极参与冰雪文化。马仍是宠儿，成为北国永不退场的主角。

南方还见牛犁地吗？早不见了。北方再落后，这点变化也是有的。瞧——拖拉机，几家就有一台；瞧——小货车，家家都有一辆。似乎没马的事了。

马解放了，休假大半年，冬天伸长脖子等主人领回家。不跑远路不拉重，跟着主人揽游客。好事！拉个爬犁多轻巧，游客会打赏，面包、蛋糕，常有。

马跟人一样，不能老歇着，无聊也难受。不能老干活，马也讨厌一直被管束。该干干，该歇歇，这样的马生才合马意。

一般都是拉着游客去一个个看点，不可能就自己一个，基本上回回都能碰上相思之马，可眉来眼去，若是正好停靠一起，嗅闻异味，乘机磨蹭几下脖子，亲热亲热。

马若拉得客欢主悦，主人会额外添料，赏一大把最美味的盐。

马儿们回到马场，个个神吹，各表一冬的光辉业绩，马皮全都吹得鼓鼓的。它们确实很兴奋，祖辈拼着命儿将木头从山上拉到山下，一天才挣到几块钱，如今拉拉人，溜达似的，哪天都能入账好几百。过去和现在真不能比。

上这儿来的都是游客，全来自城市，他们可能从未被马拉过，马一抬腿就开始大呼小叫。对马来说，拉人与拉木头真不一样，拉木头时马跟玩命似的，吃劲吃力还被鞭抽；拉人，不必上劲，轻轻松松，鞭子从不落身。游客少见多怪，喜欢摸它们的头和肩。那些手都是软绵绵的，一摸马就痒，皮就抖。与游客互动多了，人不过分，马不过分，十分友好。

马跟上学的孩子一样，马场待久了想去拉游客，拉了一冬游客就又想回马场与兄弟姐妹们追逐欢闹。有冬有夏，幸运的马，幸福的命。

　　马崽站立起始，一生不会躺下，睡觉也是站着睡。马活着就为奔跑，越跑越健壮，若真有不愿跑的马，很快会被扔进锅里。真正跑不动的是老马，马老先老牙，同时消化系统跟着渐衰，所以老马大多瘦骨嶙峋。老马一般都能安度晚年，寿终正寝。

生命云

我们很幸运，去黑龙江回访青春之路一直云在伴随。有云的时候，也许晴，也许雨。总是个动态，心便飞扬。

生命中是必须有云的，否则，雨从哪儿来？否则，会被晒死。云，是滋养生灵的源头，是护佑生命的屏障。"运"字，人在云下行走。

我很幸运，来到人间，总有一朵祥云在上空陪伴，神似守护。

云总会散去。你也必然成为云。父亲过世后，我成了全家的云，因为我是老大，母亲、弟妹，他们不能没有云。云是男人的气概，男人的担当。

今日，我想起了最爱戴的云——父亲云。

父亲在我面前流过两次泪。第一次是上山下乡登上北去的列车，车动的那刻，父亲在抹泪，他赶不上火车的速度，他也不可能撇下母亲和弟妹；第二次，是我因病从黑龙江返沪，父

亲在车站月台上接到我的那一刻。

　　我因一颗病牙反复发作，溃疡不愈，导致颈部淋巴感染结核，老乡劝我回沪治疗。途中，我只在天津转车时拍了份电报：我在返沪途中。但我没说班次，父亲便在上海老火车站候了两天，所有北来的班次他都在月台上等到旅客散尽。

　　这些记忆，恍若昨日。

　　人，只有自己升成云后才会知道云的重要，同时也会竭尽全力承担云的责任。

好像有很多东西遗落在了兴安岭

为什么总把去旧地说成寻足迹？足迹几天就没了，但印痕会刻在脑海里。大脑不太愿意思考复杂的问题，却乐于储存往事，而且越久保管得越好。

年龄一大，绞脑汁的事少了，大脑就老替你组织往事，全力提供你回忆。那就挑几个出来絮叨絮叨吧！不用搜寻，自己会跳出来，挤在前头的自然是最刻骨铭心的段落，就是在东北的上山下乡时摸爬滚打的那些个场景。金一南写的《苦难辉煌》说的是中国共产党一路走过的历程。我觉得我们那一代知青也苦难辉煌，可书可写。

在呼玛博物馆里有我的名字，因为漠河当年是呼玛县下面的一个公社。当时听说，呼玛县有三个江苏省那么大，是全国最大的县。很遗憾，博物馆在我们先锋生产队知青名录一栏里，队名错写成了"前进生产队"，好多名字也写错，"詹超音"被写成"詹怡音"，怎么回事？错就错了吧，反正我知道

那是我。

雁过留羽是可能的，留声，怎么留？

人过可以留名，遗憾的是博物馆留错了。老乡们却大多记得队里知青的名和姓，一字不差。五十年后重回北红，老乡们围在大巴车门口一一辨认，轮到我，他们异口同声说"詹超音"。我服了，心一热，差点没控住泪。他们怎么能记住那么多知青的名字？只能说明他们一直在念叨。事后知道，我们回上海后在干什么，他们居然全知晓，他们老打探。自从其他生产队有知青探访过旧地后，先锋生产队的老乡总在纠结——我们队的知青咋不来？来与不来，脸面问题，可见缘浅缘深，会被人说当初没待好知青。我们并不知道老乡们的想法，要是知道的话早去了。当初一起战天斗地的老乡都比我们大，好多已经离世，健在的从未出过山，现在更不可能到上海来找我们，只有巴望自己队里的知青也来看看他们。我的激动情绪是在老乡叫出我的名和姓才突然升腾的，而我，却只能说出他们的姓，叫不出他们的名。这不是老乡记性好，是有心。我不是记性不好，是没上心。想想真是对不住乡亲们……怎能忘记带路人！

小李子比我们都大，仍叫他"小李子"他高兴，开个双排座货车带我们去看旧址。老乡挤后头斗里，我们坐车内。绕了一圈回来，有人说他并无驾驶证，仍是个乱来的家伙！别时，车还没动，小李子开哭，涕泪俱下，说下次你们再来他可能不在了。第二年我又去，这回他没哭，也没说丧气话。

大焦仍在抽自卷的喇叭烟，只是旧报纸条换成了白纸条而已。递给他烟卷儿，他全搁口袋。全包给他，他却不要。

大兴安岭是记着我们的，老乡是念叨我们的。如今，主事的下一代把前来的知青都当作座上宾，替父辈热情接待。大家都懂，真情传承下来了，我们该怎么回报？

有个地方去了还想去

有个地方很远，火车、汽车走了六天才抵达；很冷，冷得不敢上茅厕，那会失去很多热量，哪个没被屎塔子戳过屁股；很痒，痒到麻木，痒到心软，只有白虱子不离不弃；很难，流人（流放的人）般的生存环境，独扛生活，应对所有不测，十五岁成陀螺，并且不知终。

按理说应该怕这个地方，应该恨这个地方，却不是，心心念念想要去。梦魇已远，好了伤疤忘了疼。就像傻狍子，刚被猎人追，回头又想看看追者是谁，所以猎人会守着。好奇心害死狍，人不会，因为当年艰难举足的印迹早已随冰雪融化。我们走出了大山，老乡却永久在那，人比人，心就软。

更何况，飞机缩短了路程，茅厕移到了室内，白虱子已无踪影。我们是重回故地，是来探望。人一旦记好，恩怨全消。情深深雨蒙蒙，人心如雪，遇热就化。毕竟在一个锅里吃过多年土豆汤，一个炕上打过呼，说不定白虱子早就互传了你我的血液。五十年后再回故地，与老乡抱成一团，喜极而泣。最难忘的是分别时，大老爷们哭得稀里哗啦。情能拴人，离开时盘算多久再来。

大兴安岭真静，鸟兽都不吵扰花草树木。

路上不时见到自驾车，还有了三三两两的骑行者。他们爱森林，没想到大兴安岭会这么沉寂和安宁，于是所有人都不会大喊大叫，用大量表情赞美北国。

许多木刻楞房子华丽转身，迎接远方的客人，当然，最欢迎当年的知青。多家民宿只要见是当年在此插队的知青，一律免单。

北国来客见多，带动一切，各类活动渐多，尤其是冰雪文化，让人别开生面。

去了还想去，是因为那里的人和景，都暖人，也惊艳。

北红不再神秘

去年6月，我与部分插兄插妹来到了阔别五十年的北红，进入最北村落的几十公里无人区时，绝无路人与车辆，倒是有只傻狍子陪了一程。为什么说它是傻狍子呢？因为它会找你，它是个见啥都好奇的动物，包括对猎人。

昨日再回北红，一路车来车往，人们纷纷将头探入了这块陌生的土地，因为北红人亮出了"最北村庄""最原始村落""俄罗斯民族村"等名片。

当地人称此地为"大草甸子"，很奇怪，百度地图也这么标注，将图放大数倍后才能看到北红两字。

北红人口三百不到，村史上，五十年前二百七十多个知青来此插队时最为热闹。如今，长一辈的老乡已不在了，与我们同辈的走了不少。昨晚，与老乡们同饮同忆，如今管事的年轻人只能一旁听着。能说北红往事的除了他们的父辈，还有这两年突然冒出来的老知青。他们努力地用年轻人的心境在揣摩……

见到知青的父亲怎会乐得脸发光，又怎会掉泪？这些知青叔叔在这留下过什么？又带来了什么？北红究竟发生过什么？老一辈不在了，老知青也来不动了，往事以后谁来说？

年轻人与老人的思维是两样的，不甘寂寞，想走出去，还要请进来。然后，我们不请自来。国人爱玩了，得让游人像狍子一样来北红。

回忆

　　因为是过去式，才叫回忆。回忆有什么好处？你说有就有，你说没有就没有。这是有针对性的，并非跌进深处而出不来，而是挖掘、打捞，淘金一样，有宝贝。

　　花五千一百万建造的呼玛博物馆，确实重现了一百多年前的黄金古道，以及五十年前知青上山下乡之路。大兴安岭，旧石器时代就有人类足迹，森林与矿藏，让人勤奋，也滋生贪婪，故事此起彼伏，如黑龙江水滔滔不绝。

　　馆内，自然与人文、图文与实物，收集完整，陈列有序，让故人重回，让新人温故。

　　人是需要回忆的，否则就是忘本，是痴呆。

　　一个人的回忆是有限的，集体回忆便无限。与老乡一起过影，往事纷涌，旧景如流。老乡也兴奋，他们大都长知青几岁，亦师亦友，睡过一个炕，听过你磨牙和说梦话。

　　一激动，出事了。二焦上自家地里摘了个西瓜，在兴冲冲给我们送来的路上让车撞了，急忙送县里拍片检查，来回三百公里。老乡们的身子骨不能有事——可就医仍这么不便。

往事喜也好恼也好，改变不了。这以后，该常乐。

看来，我们常到故地走走老乡们是高兴的，那就尽可能常去。

最北的地方还产玛瑙，我们在黑龙江边捡了几个。捡玛瑙不违法，谁捡到就谁的。每个玛瑙都有千万年上亿年历史，玛瑙不能说历史，但我们可以说历史。

手机出境

黑龙江，我国第三大江，也是最长的界江，对面是俄罗斯、外兴安岭。

与报界的几位朋友组成采风团，从洛古河村处的源头沿江而下，途径北极村、北红村、龙江第一湾、呼玛、八十里湾，准备行至黑河返沪。

八十里湾位于呼玛与黑河的三卡乡之间，形状如拼图凸板，凸头鼓成圆形，嵌入俄罗斯。三艘巡逻炮艇早上七点从呼玛启航，当我们驱车在十一点抵达八十里湾，登上瞭望塔时，炮艇正好推浪入湾，将行驶八十里出湾。

在大兴安岭旅行，驶出每个集镇村落手机便显示"无服务区"，编辑们想在途中编版，没门。然一进入八十里湾区域，手机左上角立马跳出一串字母——这儿覆盖的是俄罗斯的网络信号。外交部门的各种提示随即而来。

人类有种奇怪的心态，地形的嵌入也会带来莫名的快感，何况这是国界。

　　未出国，却打了多个国际漫游电话，因为用了异国的网络。我并未出国，手机出国了。

　　在浙江温岭登陆的叫什么"马"的台风真是猖狂，一个礼拜了，居然跑到了大兴安岭，临"死"还在使坏，将一辆抓斗车刮入了黑龙江。"马"还带来了雨，雨无国界，在八十里湾的界江飘来飘去。

远 乡

去年是盛夏去的北红，山花烂漫，心跟着飞扬；今年是初秋去的最北，山果遍野，嘴和胃得到极大满足。

青涩地在最北留下最美年华，迟暮来此找了又找。

去年是与插兄插妹同往，只为寻迹，所有的木刻楞屋早已坍塌，里头的苦与乐影踪全无。倒是随行的家属们见到遍地野花，大呼小叫，惊喜不已。她们认为的美，在五十年前我们根本就没注意到。今年，是为前往采风的友人引路。他们被我的描述所吸引，迫不及待也想看看最北之地的风情与山色。七天全在林海中穿行，首先过足了氧瘾，大呼肺舒服；再是吃了七天蓝莓，餐桌顿顿摆放，路边随处可采，花青素的养眼功效不是吹的。

跟着同学走，会被共同的回忆所感染；与作家们同行，"采摘"能力大有提高，看得更深更远。

闭塞的山村虽无大的改变，今年与去年相比，入村的游客显然多了不少。山村太寂寞、太贫穷了，知青一批批返乡寻旧，老乡们备受感动。每当有知青到村，他们会相告："来戚了！"

这次到北红，说好我们请老乡喝杯酒，结果让乡二代张凤芝给免了单。这说明老乡与知青的深厚友情得以传承。

找北

　　漠河，我国最北，我曾是那里的一名社员。五十年前，漠河只是个公社，现在已成县级市，这就是变化：变美、变大。无论是过去还是现在，漠河老乡都欢迎我们，过去的欢迎不一定真实，因为我走时老乡没感觉；去年，我去的时候老乡个个喜笑颜开，走时哭得稀里哗啦。现在他们是真欢迎我们。

　　人与人就是这样，相互之间凭感情来往，走得上就会多走。

　　一早有人问，又去漠河啦？是的，去找北。为什么说找北，不说找南、找东、找西？我说，我曾是北方人，所以只找北。不对，所有人纳闷时都说找北，不说其他。南是撞的，东西是买的。那人对我的回答不满意。友人之间故意绕话是一种乐趣。

　　找北的意义各不相同，大多数人跟孙猴子一样，撒泡尿——到此一游。我在找我青春影子，去年在草丛找到几滴泪珠、在江边听到溅水的笑声。今天，我想寻回更多记忆。

　　这回，我的朋友同我一起找北，兴致勃勃。他们都比我小，听我说得多了，艰辛与壮烈先入为主。可是，林子里才走一圈，街才走一遭，就说赞。他们眼里的北，美不胜收。

北红念想

　　我朝人生起步的地方奔去，寻思那里已经物是人非。

　　五十年前刚去时慷慨激昂，不知天高地厚；五十年后再回首，不由得感慨万分。十五岁到此以为这儿是祖国最需要的地方，奔七十了，才明白那会儿给老乡添了多大负担。

　　人生如龟蛇，脱胎换骨才能成长。人生会推开好多扇门，这扇门的里面就有一排炕。

　　让我起步的地方好远，火车呼哧呼哧跑了四天四夜，汽车又接着颠晃了两天，坐得我晕头转向。十一月的大兴安岭，路在雪中。汽车轮子绕上铁链，轱辘仍不听话，溜来溜去，迫使司机一刻不停地打着方向盘。车内的暖气不顶用，只好把棉衣大衣全裹在身上，摇来摇去时，人与人就像球碰球。太阳明晃晃的，却是一丁点热量也没有。一车人哈出来的气在玻璃上凝成了霜，掏个洞才能看到外面——无边无际被白雪覆盖的森林……我将扛着行李，踩着深雪，在这密林深处安身立命，不禁想：我究竟来干什么？

…………

青春是回不去的，青春的足迹或许还在。进入老年，开始恋旧，想再去看看生活过的地方，见见曾经带你下地上山的人，完全是善意，不图什么，就为祭青春。家属也想一块去，北红一半俄罗斯族，混血的后代又帅又靓，知青们当初为何不娶不嫁那里的人？

已有不少知青率先回访了故土，全都是邻队的。先锋队的老乡急了，觉得很没面子，不由得嘀咕：咱们队的知青咋不来呢？

如今的队长赵锦红是乡二代，看上去老实巴交，其实有文化又有志向。知青们走得一个不剩，但影响还在，他认为知青叔叔和阿姨是勇于推门的人，他一直想推开面向山外的门。他牢记父辈嘱咐：若知青来，视长辈，喜迎厚待。他认为，知青们总会来的。他身边的长辈们不乐意了，跟年轻的队长说，你等得，我们等不得。这个信息传到上海，知青们立马组队，立即成行。

其实挺方便的，当年跑六天的行程，如今当日就能抵达。北红就一条路，路即街。全村总共一百多号人，这边一张罗，那边所有人都知道先锋队有喜事，知青要来的消息马上传遍整个村。九点，天虽还亮着，但早过了该来的时间，两大桌子菜摆几个小时了……老乡又急了，来来回回村口跑了不知多少趟。电话打不通，说明在路上。大兴安岭的通信铁塔都极高，不过几里之外信号仍会消失。茫茫林海，从一地到另一地一般都是几百里无人区，没有通信服务。老乡的急跟我们不一样，他们不知道我们这边发生了什么事。我们的大巴出了点故障，左后侧爆了个外轮，不大的事，但螺丝锈住了，怎么也卸不了，于是大家伙全挤到另一侧，车只能慢悠悠地开。

省道拐入村道，旧景扑面而来。那块标着 16 公里的里程碑依然杵在丁字路口，由这驶到底便是北红——我国最北的行政村——我推门见到一大排炕的地方、人生起步的地方。大家都坐不住了，凭记忆核对这条路上熟悉的每个印迹。记得 10 公里处有个泉眼，以前涌出来的泉水直接淌到马路上，冬天会形成一个侧斜的冰坡，要用镐刨出道来才能过轮，如今修了个涵洞，水从路下过——当年怎么没想到呢？一只狍子窜到车前，它的脚好像装了弹簧，是弹行。这个小家伙既像领路，又像炫姿，随了几百米，往路边一跃，消失在林中。过去常见狍子，今日都觉得就是以前见过的那一只。

等人等得越急，见到后越兴奋。老乡们团团围住了我们的车子，下来后他们一个招呼一个。轮到我，一个个都喊"詹超音"。咦！分开不是一年两年，是五十年，他们竟然还认得出我？他们说了，因为常念，所以不忘。不仅一个个对得上号，还知道所有知青的状况。而我和我的同学们却很少关注故土故人，不过细辨之后，都能寻回记忆。老乡的变化比我们大，这是客观原因之一。